a maior mentira do mundo

a maior mentira do mundo

Luciana Gerbovic

2ª reimpressão

Esta é uma obra de ficção.
Significa que nenhuma pessoa que eu conheço está aqui.
E todas estão.

Para Marcelo, Francisco e Bernardo

1.

Cheguei de Noordwijk há três dias. Do endereço que lhe passei. E que você confirmou ter recebido.

Massa, Milla. Vou dar um jeito de ir. Talvez não consiga ficar a semana toda, mas alguns dias, sim. Sim. Quero muito te ver de novo.

Passei oito noites e nove dias lendo essa mensagem na tela do celular. Os dois sins. Um sim sozinho. Um sim, uma frase única. Um sim, um reforço. Uma ênfase. Da mesma forma como estou fazendo agora. Não irei apagar a mensagem. Ilusão apagar o que existiu. Apagá-la não vai tirar esse nó do esterno. Essa bola de gude debaixo da língua. Nem responder a quaisquer perguntas. Que fique na tela. Arquivada. Ao alcance.

Escrevo, agora, da nossa terra natal. Vim ver meus pais. Trazer meus filhos para que vejam os avós. Para que os avós vejam os netos. Para que eu veja ninguém. Minha mãe já não capricha tanto no almoço de domingo, tem cada vez mais pedido comida pronta e colocado um pote de sorvete de creme como sobremesa, cobertura de chocolate e caramelo *Para quem quiser*. Quem não quiser que se foda, mas isso ela não diz. Meu pai sai pouco do escritório, tem feito palavras cruzadas até das revistas femininas que minha mãe ainda compra, do que até hoje ele reclama. *Quanto dinheiro gasto com bobagem.* Passa a mão na cabeça das minhas crianças, pergunta se estão indo bem na escola, esquece que em julho temos férias escolares, solta um *Ah, é* depois de ser lembrado.

Meus pais agora têm uma lista de remédios que passa de uma página. A cada visita vou várias vezes à farmácia. Por alguma razão que desconheço e nem quero mais conhecer, não conseguem se programar para fazer uma compra para o mês. Nem mesmo para a semana. E foi na ida à farmácia de hoje que parei no semáforo ao lado da Praça da Bandeira, que não tem mais bandeira, só três mastros com a tinta branca descascada. Aliás, nem mais de praça pode ser chamada. Ou um quadrado de concreto morto no centro de uma cidade ainda é uma praça? Ainda tem dois bancos e nenhuma pessoa sentada ali. Nenhum pombo. A praça onde assistimos, por um telão instalado pela prefeitura, ao fim do governo Collor, lembra? Ou foi na praça da Catedral?

Na minha expectativa conversaríamos sobre essas memórias em Noordwijk. Tenho uma lista de lembranças que gostaria de confirmar com você se são reais ou inventadas. Se são só minhas ou compartilhadas. Mas você não apareceu. Nem mandou mensagem. Não vou. Ou: Não vai dar. Ou: Foi mal, não deu. Mas nenhuma mensagem é também uma mensagem. Eu entendi. Por isso não escrevi de volta. Por isso não liguei. Por isso não insisti. Mas a lista continua na minha cabeça. Por isso estou aqui, com esse computador aberto no colo, minha mãe dormindo em frente à novela das nove, meu pai dormindo em frente a um filme que ele já deve ter visto várias vezes, meus filhos no YouTube, eu com as imagens de nós dois na Praça da Bandeira (acho que era lá mesmo), em meio a tantos outros estudantes, alguns com as caras pintadas e outros não, como nós. *Nosso primeiro abraço político.* Foi isso que você me falou durante o abraço. Essa é a lembrança que tenho, nossos corpos colados, sua boca na minha orelha e sua voz dizendo *Nosso primeiro abraço político*, uma esperança de que outros viessem. Foi essa frase que me atravessou em 2016, meu pensamento em você, sem saber onde você estava, a vontade de trocar mais um abraço político, não comemorativo como aquele de 1992. Gostaria de confirmar com você essa lembrança.

A agonia desses últimos dias, eu sozinha durante oito noites e nove dias, mais as esperas nos aeroportos de Guarulhos e Amsterdam, onde ainda passei uma tarde toda, a última, sentada em um café com cadeiras na calçada, olhando os rostos de quem passava, esperançosa e receosa de que um deles fosse o seu. Ou da sua esposa. Ou das suas filhas. Seu e da sua esposa e das filhas de vocês. Todos os rostos juntos. Quantas vezes me sentei em cafés em São Paulo, um milhão de habitantes por metro quadrado, e ainda assim eu olhava pela janela e pensava E se ele estiver pela cidade a trabalho e passar por aqui? Por que não? Se você começou a viajar tanto a trabalho, e São Paulo é besta e orgulhosamente a cidade do trabalho? Por que não? Se prestava atenção nas pessoas que passavam para ver se um daqueles rostos não era o seu, em São Paulo, onde você nunca morou, por que não prestaria atenção em Amsterdam, nem um milhão de habitantes, uma vila perto de São Paulo, a menos de cem quilômetros da sua casa? Por que não?

Oito noites e nove dias esperando. Aquelas últimas horas no café com o resto da esperança. E da ansiedade. Nove dias andando de uma ponta a outra da praia. Ida e volta, ida e volta, ida e volta. Pausa para uma cerveja. Várias cervejas. E vinho branco no fim do dia. O hotel de frente para o mar. O quarto de frente para o mar. Minhas perguntas de frente para o mar. Era perfeito, nos meus planos, para nós. Foi perfeito para mim. Mesmo sozinha, na ida e volta, ida e volta, ida e volta. Mas poderia ter sido melhor. Para mim, pelo menos, poderia.

Enquanto esperei, olhos vazios na Praça da Bandeira, o semáforo passar do vermelho para o verde, um ambulante colocou um pacote com balas no para-brisa do carro. O preço, dois reais, e uma frase motivacional, algo como *Todo esforço honesto será recompensado.* Senti vontade de gritar pela janela do carro aberta: É mentira! Se todo esforço fosse recompensado, eu queria falar para o vendedor, eu e o menino que me abraçou aí nessa praça teríamos um desfecho diferente. Ou não. Mas teríamos conversado. Ou não? Eu achava – e se estou aqui com este computador no colo ainda acho – que nos devíamos uma conversa. Mais uma. Horas e horas e horas de uma conversa. Oito noites e nove dias de conversa. Talvez a derradeira (e o que é que a gente sabe disso?) para que pelo menos o meu peito carregasse menos pedras. Mas as pedras que carrego não são um problema seu. É isso.

O vendedor de balas do semáforo também sabe que seu esforço nunca será recompensado. Mas precisamos fingir que acreditamos nas frases dos pacotes de balas vendidas nos semáforos. Fiquei com dois pacotinhos e deixei um real de troco. Fui até a farmácia, agora tem uma a cada meio quilômetro, talvez só tenha menos farmácias que condomínios nesta cidade. Gosto menos daqui a cada visita, o passado que encontro em cada esquina me gera mais dores que alegrias, o presente é asséptico e o futuro sorri com cáries nos dentes da frente. Comprei os remédios para um mês. Pressão alta, diabetes, coração, osteoporose, infecção urinária, depressão. Na volta, fiz um desvio e procurei pela casa onde você morava.

Não errei o caminho para chegar lá. Não lembrava o nome da rua, nem o da principal avenida do bairro, mas não lembrar não fez qualquer diferença.

Não precisei de aplicativos também, o que nem adiantaria diante da minha amnésia nominal. Mas minha memória espacial sabia exatamente como chegar, só me deixei ser guiada. Cheguei a sentir um leve tremor subir do canal vaginal para a garganta quando vi a padaria da esquina, A Dengosa, onde comprávamos pães para os lanches da tarde com os seus pais e os seus irmãos, que comíamos com a vitamina de banana que a sua mãe fazia e que hoje tento fazer para os meus filhos, e que sempre dá errado. Isso eu gostaria de ter lhe contado, por exemplo. Sim, eu tento fazer para os meus filhos a vitamina que a sua mãe fazia para os filhos e para mim e que o seu irmão caçula chamava de suco branco. Eu até cheguei a nomear – suco branco – para os meus filhos, mas voltei atrás, parei, não falei mais. Não estava certo. E a vitamina dá sempre errado mesmo. Assim como o ovo que a sua mãe quebrava em cima da sopa fervendo para que a clara e a gema cozinhassem lá dentro, aquele rastro de clara cozida que eu achava tão bonita, a gema redondinha, durinha, tudo dentro da sopa de legumes borbulhante. Nunca deu certo e cheguei a jogar a sopa toda fora umas três vezes.

Se ela estivesse viva, eu telefonaria para pedir as receitas e os segredos, o que nunca fiz porque nunca pensei que um dia ela estaria morta e eu tentaria fazer a vitamina e a sopa para os meus filhos, pensando naqueles dias. Na casa dos meus pais nunca tivemos lanche da tarde, muito menos com pai e mãe à mesa. As empregadas nos deixavam comer a qualquer hora, não precisávamos esperar pelo lanche. Minha mãe sempre fazendo alguma coisa na rua, aquela cabeleira que precisava manter loira e esvoaçante, o corpo esbelto e firme, as unhas vermelhas brilhantes porque *Vocês já viram as unhas das secretárias do pai de vocês?*, e eu e minhas irmãs viramos essas obcecadas por unhas pintadas sem cutícula, e meu pai chegando em casa só para o jantar, às vezes nem isso. Eram muitas as viagens pelo Brasil e pelo exterior. Seus pais, ao contrário dos meus, sem compromissos sociais, sem viagens e com um carro só na garagem. O pai que saía do trabalho e buscava a mãe na escola para os dois estarem, às seis em ponto, de volta à casa para o lanche da tarde. Sua mãe cheia de pastas com lições para corrigir e diários de classe que seu pai ajudava a carregar. Tinha algo de honesto – portanto, comovente – nessa rotina de classe média, tão diferente da minha. Enquanto meus pais iam para restaurantes no sábado à noite, os seus iam para o hipermercado e lanchavam na praça de alimentação. Eu não mentia quando dizia que gostava de acompanhá-los. Eu gostava. Mesmo. Isso eu também queria lhe contar.

Talvez, se chegar a me ler (quem é que sabe o que farei com este palavrório?), você pense na menina riquinha mimada que enxergava o convívio com a classe média como uma experiência sociológica. Mas não era isso. Nem sei se você já chegou a pensar isso.

Tendo a acreditar que não. Porque eu sei que você sabe que eu gostava de estar com vocês. A sala, com a única tevê da casa, na qual sua mãe via a novela das sete enquanto fazia a janta para ser comida durante a novela das nove, era quentinha. Seu pai, eu, você, seus irmãos amontoados no sofá, o Tomás ainda tão pequeno, sempre segurando a minha mão, todos vocês falando das atrizes gostosas que apareciam na tela enquanto sua mãe ria dos meninos dela. Era quentinho. A coberta que sua mãe jogava nas nossas pernas nas noites mais frias, o leite quente com açúcar queimado, a pipoca com queijo ralado. A frase que sua mãe escreveu para mim, por e-mail, quando já estávamos fazia anos sem nos ver: *Quando penso no meu ninho, você está sempre nele*. Pois é, nunca contei isso para você. Não estou inventando, tenho o e-mail impresso para provar. Das declarações de amor mais bonitas que já recebi. E tenho vários outros e-mails guardados que sua mãe me mandou. Mesmo sem nos vermos há tantos anos.

E tenho as duas xícaras que ela me deu de presente de casamento. Duas xícaras pintadas por ela, tons de rosa com filetes dourados, a letra C em uma e a F na outra. Duas xícaras que só eu uso. Não deixo mais ninguém em casa usar para nada. Porque ela soube pelas redes sociais, no início das redes sociais, do meu casamento com o Fernando e me escreveu pedindo meu endereço. Alguns dias depois, sei lá quanto tempo depois, as xícaras chegaram. Um cartão. Mais uma declaração de amor. Mais um fato-segredo que eu tinha planejado contar para você em Noordwijk.

2.

A casa está igual, tirando o portão mais enferrujado do que já era e talvez a cor do muro, bastante descascado. Da casa mesmo, só consegui entrever o telhado e a parte superior da janela da sala, por trás do muro, com seus nove vidros espelhados e basculantes, como sempre foi. Tirei uma foto com as mãos um pouco trêmulas, preocupada em não ser flagrada pelos atuais moradores. Se você não tivesse me bloqueado nas redes e no WhatsApp, teria lhe enviado. Junto com uma foto da padaria.

Na nossa última conversa você me disse que queria voltar para a nossa cidade, rever a casa onde cresceu e onde nos beijamos e transamos pela primeira vez – não no mesmo dia, claro, você sabe, espero que ainda saiba, é só que as lembranças me vêm juntas, como não poderia deixar de ser, não sei como são as suas. Disse que também queria rever o largo com a igreja, do qual também tirei foto, só acho que o lugar não era cercado por grades, ou era? E não me lembrava de a igreja ser tão pequena e bem cuidada. Está com a pintura em tom de bege impecável, a porta de madeira escura brilha. Não me lembro de como era antes, mas arrisco dizer que você sorriria ao ver a foto.

Estão cuidando do seu canto neste pedaço de mundo, o canto de onde você veio, de onde sempre quis sair e que meses atrás disse que queria rever. Nada de original nisso, parece que estamos sempre voltando. E me disse que queria rever o bar onde jogava sinuca com os funcionários da oficina mecânica em frente, onde você me ensinou a tomar cerveja sem fazer careta. Eu gostava de ficar ali, para desespero do meu pai, que descobriu os bares que eu *andava frequentando* por meio de um funcionário que passou e me viu. Sempre tinha um funcionário me vendo. Pois também tirei uma foto para mostrar que o bar não existe mais, nem a oficina, só os contornos de imóveis que não sabemos se estão descuidados ou abandonados. Se eu tivesse visto alguém pela rua, teria perguntado pelo Bola Preta. Do jeito que ele bebia, já deve ter morrido. Bom, seu pai continua vivo, até onde eu sei, talvez o Bola Preta também esteja. Bom, meu pai continua vivo, ainda com os uísques diários. Mas não vi ninguém nas ruas. Por enquanto, vou arquivar as fotos.

3.

Acompanhei pelas redes sociais as suas mudanças de cidade. Campinas, onde cheguei a ir. Rio de Janeiro. Já não nos víamos mais. Porto Alegre. Salvador. Cuiabá. Como alguém que muda tanto, eu pensava, não passa por São Paulo? Até que você cruzou o Atlântico. O susto que tomei olhando pela tela, logo depois do golpe de 2016 (que alívio escrever golpe e saber que não serei *corrigida*, mesmo que mentalmente, essa palavra *golpe* que comecei usando com parcimônia e que agora faço questão de falar devagar, fodam-se a minha chefe e o chefe da minha chefe e meus tios e minhas primas e os maridos das minhas primas e as pessoas que conheci no maternal e no ginásio, meus pais, meus cunhados, meu sogro e minha sogra, e mais cunhados e cunhadas, é um verde e amarelo que parece não ter fim, golpe caprichando nas sílabas, elevando o "óóóó" para chegar no cume do ele, do #elenão). Uma foto sua com a mulher e as filhas e a legenda *Um novo país, depois do Atlântico, para uma vida longe do fascismo*. Ampliei a foto. Que país era esse? Atrás de vocês uma mancha azul e verde, céu, mar, jardim, rio, floresta, em que porra de país vocês estavam? Alguém comentou que fugir era fácil. Você respondeu que a luta continuaria, mas de longe. Longe onde, caralho? Li um comentário seu, em resposta a alguém que achou *fascismo* um exagero, e seu depoimento sobre o crachá da universidade que foi arrancado do seu pescoço quando você entrou com ele, apressado, na padaria, só para comprar o lanche da tarde das meninas. A mão que se sentiu autorizada a arrancar um crachá do pescoço de uma pessoa que não conhecia, exibindo-o para a padaria aos gritos de *Acabou para os comunistas, acabou para essa pobretada que não conhece seu lugar*. E você ouviu aplausos e saiu sem o lanche, mas com o crachá de volta. Li seu depoimento e senti uma vontade enorme, física, concreta, de abraçar você, nosso abraço político que não aconteceu. Onde era, afinal? Procurei por mais fotos e não encontrei. O perfil da sua mulher, privado para mim. Aquele deputado miliciano que elogiou um torturador e não saiu preso do plenário também já me dava gana de pegar meus filhos e rumar para o aeroporto. Careço tanto de coragem, pensava olhando a foto e a mão da sua mulher segurando as mãos das filhas de vocês. Não consegui segurar o choro. Que país era aquele? Que país era o nosso? Já não nos víamos fazia tantos anos, já não trocávamos mais mensagens, só nos acompanhávamos pelas redes em silêncio, mas o Atlântico parecia ter me sentenciado a um "nunca mais".

Passei a acessar o seu perfil nas redes sociais todos os dias. Queria os detalhes das fotos que você postava, a paisagem por trás, a praça perto da casa nova onde você levava as meninas para brincar. Dia sim, dia não, fotos da praça. Até que você marcou o lugar. Praça da Alegria. Tem nome mais bonito para uma praça? Entrei no mapa. O país ali. A cidade. O bairro. Respirei aliviada. Longe, um oceano, mas eu já sabia onde você estava. Dei mais um zoom. Você morava perto daquela praça? Onde era a sua casa? Alguma daquelas casas antigas que eu via ali? Um apartamento? Nas fotos, você com casacões de frio europeu. Achei você tão bonito. Não conheci você com roupa para tanto frio. Eu ampliava as fotos obcecadamente. Ampliava e printava e ampliava o print. Queria o seu sorriso. O sorriso das suas meninas, uma a sua cara, a outra a cara da mãe. Meus filhos também têm essa configuração. Meu menino a minha cara. Minha menina a cara do meu marido. Fantasiava juntar meu filho e minha filha com as suas filhas, já começaríamos com quatro crianças, uma família prontinha – uma breguice só, os meus devaneios. Eu iria para a Europa ou você voltaria para o Brasil? E enquanto fantasiava continuava no banheiro, no quarto, na sala de casa ou do escritório. Não lhe escrevi. Não sabia o que escrever sem parecer estúpida. Você tinha saído do país, meu casamento esmigalhado, nossa democracia desmontada, a Caixa de Pandora aberta, e eu só queria saber se voltaria a ver você. Sim, bem estúpida.

Fui tomada pelo desespero quando vi a sua mudança. Mesmo que não nos encontrássemos há, sei lá, vinte anos? Sim, era ridículo o desespero, mas ele estava ali, instalado, como a perda definitiva de uma chance. O alívio veio do emprego que me fazia viajar para a Europa pelo menos a cada dois meses. Bendita exportação de laranjas! Já tinha ido algumas vezes a Lisboa, não ia demorar muito para voltar se não me despedissem – novo pavor adquirido. Não me despediram, até hoje, e a viagem para Lisboa chegou. *Por que você ficou vermelha?*, minha chefe perguntou quando me comunicou o próximo destino.

Passaria ali apenas cinco dias. Iria em uma semana. Pensei em lhe escrever para avisar. Não avisei e fui. Enquanto não estava nem em visitas nem em reuniões, caminhei pela cidade feito andarilha. Pisei em cada pedra e cada pedaço de asfalto pensando que talvez você já tivesse pisado ali. Fui até à Praça da Alegria, sentei para um gim tônica preparado por um casal simpático que cuidava de um quiosque no meio da praça, olhei as crianças brincando e não identifiquei as suas meninas. Caminhei pelas ruas ao redor, imaginei você morando em cada uma daquelas casas, daqueles apartamentos. Será que você abria alguma daquelas portas com uma menina em cada mão e sacolas com pães e manteiga? O que vocês comiam no lanche? Fumava em alguma daquelas janelas? Ou parou de fumar quando se tornou pai? Sentei em vários cafés por ali, pensando se você também já havia se sentado naquelas cadeiras, se conhecia aqueles garçons, se contava histórias e piadas para eles, como fazia com todo mundo que o atendia. Fui até a universidade onde, se havia entendido bem, você estava cursando um pós-doutorado. Comprei alguns livros na livraria no térreo do prédio, fui até a biblioteca olhando bem para cada cadeira. Jantei em dois restaurantes onde não imaginei você. E almocei em alguns onde conseguia ver você lambendo os dedos. Procurei seu rosto, com medo de encontrá-lo, em cada pessoa que vi. Não avisei que estava na cidade. Não postei nenhuma foto minha nas redes. Voltei depois de cinco dias, mais calma. Você devia estar bem instalado com a sua família.

4.

Até que novas fotos mostraram uma nova mudança. Como tem vaga para professores e pesquisadores por esse mundo, pensei. Dessa vez as fotos com legendas. Haia. Haia! O garoto do *bairro de sétimo mundo de uma cidade de quinto em um país de terceiro* em Haia. *O garoto repetente, vagabundo*, pós-doutor. Eu queria mostrar para o meu pai. Viu como os estudantes de filosofia nem sempre dão em nada? Essa é uma das pedras que carrego.

Eu não confessei, mas você é inteligente e sabe que cavei nosso encontro. Dessa vez, quando meu próximo destino seria Bruxelas, deixei três dias para esticar até Haia. E, assim que cheguei, procurei os principais pontos turísticos para fazer selfies e postar enlouquecidamente nas redes sociais, com a localização bem marcada, em negrito e piscando se fosse possível, para que não houvesse dúvidas. Sim, eu estava em Haia. Deu certo. Menos de dez minutos e a mensagem piscava na tela. *Está aqui???*

5.

Eu me apaixonei por você na garupa da moto, na volta daquela cachoeira que não tenho mais a mínima ideia onde fica, quando senti o cheiro de gasolina nos fios grossos do seu cabelo comprido amarrado por um barbante, mesmo depois de um banho nas águas de Oxum, a quem você também me apresentou. Se eu fechar os olhos agora, sinto o cheiro seco dessa gasolina e a textura corajosa do seu cabelo. Nesse mesmo dia, no semáforo vermelho, você me disse que estávamos perto da sua casa, um bairro da cidade que eu pouco conhecia, e me perguntou se eu não queria fazer um lanche. Pão, queijo e presunto. Conheci seus irmãos mais novos, sozinhos em casa enquanto os pais trabalhavam. Talvez viesse daí a sua liberdade tão desconhecida para mim. Comecei a rever o que me era dado e colocado como proteção. E na hora de me levar embora, enquanto subíamos na moto, vi que uma vizinha, ao cumprimentar você de longe, percorreu todo o seu corpo, como se já o conhecesse. Agarrei seus braços, virei seu rosto para mim e beijei sua boca com todo o medo de perder você que senti naquele momento. E você retribuiu. A vizinha pisou mais firme para ir embora. Eu vi, tenho o olhar dela guardado.

Assim como tenho guardado o bilhete que você me entregou na escola no dia seguinte. Devo ter todos os bilhetes que você me escreveu. Todas as cartas. Sempre achei a sua letra bonita, de quem sabe o que quer, no tamanho médio e com curvas seguras. Tenho todos os e-mails. O álbum das suas fotos de bebê, o primeiro e único presente que você me deu de aniversário. O álbum que muitas vezes pensei em devolver para a sua mãe. Agora que ela morreu, não devolvo mais.

Mas e se eu contar que não me lembro bem da primeira vez que transamos? Achei que poderia checar as suas lembranças na semana que não passamos juntos em Noordwijk. Que foi na sua casa, eu sei. Na sua cama, a porta do quarto fechada, nós dois sozinhos. Fazia frio porque nos cobrimos com um cobertor xadrez amarelo e vermelho. Mas como chegamos ali? O que me lembro é de nunca ter me sentido insegura com você. Se você gostaria do meu corpo e do meu cheiro. Se me acharia desastrada. Se me compararia a outras meninas e mulheres, sua fama de conquistador era conhecida. Nem senti vergonha, nada me passou pela cabeça a não ser que eu deveria ir, o movimento natural e óbvio a ser feito com você. O quanto você me observou, meus pés, minhas mãos, meus olhos, o abrir e fechar dos lábios, minha língua e meus dentes. Pelos seus olhos sou a pessoa mais bonita que conheço. E me lembro de que rimos muito depois do gozo. Nosso. Nosso gozo. Eu já tinha transado antes, mas não sabia que se podia gozar assim. Estar com um homem, ainda que menino, que entende e pratica o sexo como troca. Um menino-homem para quem o sexo não se resume à própria performance, pobres criaturas sempre medindo o pau com o coleguinha ao lado, ainda que o coleguinha seja imaginário. Se você foi esse menino, em algum momento entendeu tudo sobre como não ser esse macho-hétero-admirador-do-próprio-pau para depois explodir minha cabeça. Você sabia mais do meu corpo do que eu. Me mostrou partes e detalhes que eu desconhecia. Tocava-as com as pontas dos dedos, me guiava pela mão, assim como fazia na cachoeira para que eu não escorregasse nas pedras e me espatifasse. Mas não me pegava no colo e corria o risco por mim. Não. Você confiava em mim, ia ao meu lado, os riscos nós correríamos juntos. Eu soube, desde as primeiras idas à cachoeira, que você recusava o papel de macho-provedor. Era um companheiro. E isso era tanto, mas tanto, que, quando o momento decisivo chegou, eu não dei conta. E quero lhe pedir desculpas por isso. Ou melhor, quero dizer que sinto muito.

6.

Uma camisinha mal colocada. O médico nos dizendo que aquele pontinho branco ali na tela, minúsculo, era a confirmação da gravidez. Sua boca na minha mão, seus olhos aguados, o sorriso de menino assustado por ter aprontado alguma, mas orgulhoso. Sua voz repetindo *Tá vendo?, tá vendo?, tá vendo?* Sim, eu estava vendo. Até hoje, nunca deixei de ver o pontinho branco.

A ideia de nós dois ali, de nós três ali. Eu gostei dessa ideia assim que vi o pontinho. O meu útero que você pediu para ver, assim que o médico colocou um feixe de luz em direção a ele. *É lindo*, eu me lembro de você ter me dito isso, *tem uma cor linda, arroxeada*, eu preciso saber se você também se lembra disso, e gostei dessa ideia de nós três ali, naquele mesmo segundo da confirmação, não parei para pensar que éramos dois estudantes universitários vivendo em cidades diferentes e sem trabalho. Não parei para pensar que eu tinha acabado de me tornar maior de idade para a lei, mas era uma menina para os meus pais. Não parei para pensar que você não era o genro dos sonhos do meu pai. Mais que isso: era o genro dos pesadelos. Se você pensou nisso tudo, guardou para si, pelo que agradeço.

Apenas ficamos felizes, bobos, até vermos na recepção da clínica, esperando a nossa saída, as nossas mães. O resto você sabe, deve saber em detalhes tanto quanto eu. Ou não? Eu não sei o que você tem gravado, se fez questão de esquecer e se conseguiu. Ou se faz questão de lembrar.

Hoje eu olho para minha mãe e tento não ver aquela mulher, mais nova do que sou agora, me acertando sei lá quantas vezes o rosto com as mãos abertas. Tento não me lembrar das marcas que as unhas das mãos dela deixaram nos meus braços. Unhas vermelhas e sem cutícula. Dedos com ouro e pedras preciosas. Tento não me lembrar das mãos dela puxando meus cabelos quase até o chão. O chute que ela conseguiu acertar na minha barriga quando me curvei. Tento não me lembrar do médico vindo correndo e pedindo calma. Como ela chegou ali, só descobri anos depois. E você tinha razão, eu era mesmo vigiada. E ela não deve ter me perdoado, até hoje, por sua mãe saber da consulta. Sua mãe, que apareceu guiada por um aperto no coração. As outras pessoas na recepção. Os tantos xingamentos que eu nem sabia que minha mãe era capaz de proferir, sempre tão comedida na fala e nos gestos. Tento não me lembrar da bolsa que ela carregava indo em direção ao médico e depois aberta, no chão, com os documentos, chaves e maquiagens espalhados. O espelhinho que ficou rachado. Eu tento. É muito do que tenho feito nesses mais de trinta anos.

Minha mãe agora confere a lista da farmácia, fazendo cálculos para ver quanto vão durar os remédios.

E eu me lembro do abraço da sua mãe e da mão dela sobre a minha barriga. Eu me lembro do seu pai querendo comprar um berço. E dos seus irmãos gritando e comemorando que seriam tios. Lembro da mão da sua mãe na minha. Lembro tanto dessa imagem. Lembro que ela arrumou uma cama para mim naquela noite, ao lado da sua. Que ela ligou para minha mãe para dizer que eu estava lá e estava bem. Que tudo ia ficar bem. Engravidar aos dezoito anos não era crime. E havia vida até mesmo depois dos crimes. Que seríamos capazes de achar uma boa solução. Lembro que poucos dias depois teve bolo de aniversário para o Tomás, e sua mãe me puxava pela mão para me apresentar ao resto da família. *Esta é a minha nora*, era assim que ela me apresentava. E eu sorria cheia de vida.

Até a manhã em que minha mãe me acordou dizendo que meu pai queria falar comigo. Fui até o escritório que ele mantinha em casa, ainda mantém, e onde pouco entrávamos, você sabe bem. Não mudou até hoje. Ele sentado como se fosse receber um cliente para uma negociação importante. Chegava a dar uma giradinha de leve na cadeira. O cigarro queimando sobre o cinzeiro. A xícara de café que ele nunca me ofereceu.

Quer dizer que está grávida?

A pergunta era retórica, olhei para ele, minha mãe ao lado, em pé, os olhos já avermelhando.

E vai fazer o quê?

O que eu ia fazer, afinal? Devo ter levantado os ombros. Devo ter olhado para a ponta dos meus pés. Devo ter ficado com as pálpebras e os lábios trêmulos. O que eu ia fazer?

Meu pai pediu o telefone da sua casa. Eu dei. Hoje fantasio. E se eu tivesse inventado que você já tinha me dito que não ia assumir filho nenhum? Teria ouvido do meu pai que homem é assim mesmo, um bando de filhos da puta, mas que eu viveria com meu filho sem você? Que ele me ajudaria porque ele não era um filho da puta que abandona meninas grávidas?

Mas quando você chegou, pouquíssimo tempo depois, e ele repetiu a pergunta e você respondeu sem hesitar *Vamos casar, ué*, foi aí que ele se transformou. Porque até a sua chegada, até a sua resposta certeira, de quem já tinha pensado sobre o assunto, ele não tinha gritado. Ele não tinha as veias tentando escapar do pescoço. Ele não tinha dado nenhum murro na mesa e nas paredes. Ele devia estar com todo o roteiro pronto para ser o herói dessa história até você chegar e mexer nos papéis.

Eu não tirava os olhos da ponta dos meus pés, sem saber que você já tinha todas as respostas. A ajuda dos seus pais, o apartamento vazio de um tio em Campinas, você deixaria a república, minha transferência da faculdade para lá, trancaria um tempo se fosse preciso, como se tivéssemos, mesmo, planejado tudo. Os papéis de roteirista e produtor e diretor tirados do meu pai. Se o filme não fosse dele, só dele, restava a destruição.

A cena do meu pai abrindo meu armário e tirando de lá todas as roupas que sua fúria o deixava encontrar. O *Fora daqui!* nos gritos trêmulos dele. Também tento não ouvir mais. Eu continuava olhando para a ponta dos meus pés, o meu segundo dedo maior que o dedão, minha madrinha sempre me disse que eu iria mandar no marido. Minha mãe chorava e gritava que eu não ia sair de casa.

Uma hora ela vai sair, que seja agora, meu pai continuava berrando e tirando tudo do armário.

Minhas roupas amontoadas em malas que minha mãe trouxe do maleiro, não seria agora – nem nunca, até hoje – que ela falaria não para o meu pai. As malas atiradas em cima de você. As roupas jogadas em cima das malas. Em cima de mim.

Vai, leva ela embora, suma com ela daqui!

Pelo canto do olho eu vi que em nenhum momento você olhou para baixo. Pegou as malas com as roupas socadas e levou para o carro, os olhos nos olhos dele. Em seguida veio me buscar, me pegou pela mão e eu fui, trêmula e olhando para os meus pés que vestiam chinelos. Eram chinelos de couro cru e eu gostava dos meus pés neles. Estavam bronzeados como o resto do meu corpo. Eu estava para fechar a porta do carro quando meu pai me arrancou de lá pelos cabelos. A saliva dele umedecendo meu rosto. A palma da mão dele carimbada na minha cara. Eu tento esquecer.

Minha filha não vai pra lugar nenhum com você, seu maconheiro estudante de filosofia de merda. Já viu algum filósofo rico? Já viu, seu... seu...? (a palavra que eu sei que queria sair e não saiu, algum limite aquele homem ainda tinha) *Não vou entregá-la pra essa vida de merda que você vai dar pra ela. Devolve a minha filha, seu moleque.*

E tirou as malas que você tinha jogado no banco de trás do carro dos seus pais. As roupas espalhadas pela garagem, minha mãe tentando recolher alguma coisa das peças que pareciam fugir daqueles braços.

Some daqui!

Você ficou parado na frente dele. Não moveu os pés. Não tirou os olhos dos olhos dele. Isso eu não sei se quero esquecer.

Some daqui!

Você olhou para mim, disse que depois me ligava, entrou no carro e foi embora. Ainda me deu um beijo.

Você estava lá, não faz nenhum sentido eu escrever e descrever essas cenas que você também viveu. Mas é que eu queria, eu tinha a intenção, eu achava que em Noordwijk finalmente eu conseguiria falar sobre isso e projetar a voz para perguntar: Foi assim mesmo? Você se lembra de algo que eu não lembro? Eu lembro de algo que você não lembra? O que você tem sobre esses dias que nunca me contou? Ou sobre algo que aconteceu depois? Assim como eu nunca tinha contado das xícaras que recebi de presente de casamento da sua mãe, dos e-mails que ela me mandou por anos, meu pai chegou, alguma vez, a procurar você? E falar alguma coisa que mostrasse algum arrependimento? Meu pai alguma vez pediu desculpas?

E tento não me lembrar do discurso do meu pai naquele dia, depois que você foi embora.

Então você acha que é assim? Engravida, casa e vai ser feliz? E quem é feliz pobre? Com quanto você acha que os pais dele vão poder ajudar por mês? Mãe professora do Estado e pai dono de um terreno em que cabem quantos carros? Hein? Nem deve ser legal esse estacionamento. Quanta merda você pode ter na cabeça? Pois vou te dizer: quem vai mandar sou eu. Porque é assim que funciona, a gente gostando ou não, quem tem dinheiro manda. Eu vou acabar sustentando vocês, e se eu sustentar eu vou mandar. E se eu mandar, eu vou me intrometer. E se eu me intrometer, ele não vai aguentar. E vai pedir o divórcio. E você? Com menos de vinte anos, mãe, divorciada, sem faculdade, porque você não vai conseguir estudar, você não vai terminar esse curso, sem trabalho, vai acabar como? Dependendo de mim para o resto da vida. Sem faculdade você não vai achar um trabalho decente. Nem pra empregada doméstica você vai servir. E vai ficar sem marido. Porque nenhum homem vai aceitar uma mulher com o teu passado. Nenhum homem quer mulher usada. Mas ele rapidi-

nho vai arranjar outra. Porque é assim, infelizmente. Eu não criei as regras, só estou te dizendo como elas são. E então, vai fazer o quê, virar prostituta? Vai lá casar, vai, e tá aí o teu destino. Teu e do teu filho que ainda pode ter a cara deles. Estou te dizendo, Camilla, eu não inventei as regras, infelizmente, mas a gente tem que jogar o jogo. É assim.

Decorei o formato de todos os meus dedos do pé. Se olhar para os meus pés não fizesse eu me lembrar de você, que sempre os elogiou e os encheu de massagem, eu os odiaria.

E então, vai fazer o quê? Responde!

Deitei na cama onde já estava sentada.

Responde, vagabunda!

Continuei deitada com os olhos nos meus pés. As mãos na barriga.

Meus pais me deixaram sozinha. Eu ouvia os gritos do meu pai do lado de lá da porta e o choro da minha mãe, pedindo para ele se acalmar para não ter um infarto. *E se eu morrer que fique claro que quem me matou foi ela!* Escrevi a carta mais ridícula de todas as cartas ridículas para o nosso filho. Terminei com *Te amo, mamãe*. Tenho essa carta até hoje, dobrada dentro de uma agenda. Nunca reli, acho que mais por vergonha do texto do que por medo de reviver a dor. Até porque...

Levei essa carta para Noordwijk. Queria dar para você ler, ler ao seu lado, provar minha versão. Voltei com ela fechada, do jeito que foi. Já foi.

Adormeci depois que percebi que meu pai tinha saído de casa, a porta fechada com força. Quando acordei, soube que você tinha me ligado, como prometido. Fui ligar de volta, mas meu pai, já em casa, copo de uísque na mão, arrancou o fio do telefone da parede assim que tirei o aparelho do gancho.

Está feliz?, ele perguntou quando me viu voltando para o quarto.

Olha pra cara dela, ele dizia para a minha mãe como se eu não estivesse na frente deles, *olha como está feliz*. Chamou minhas irmãs para que olhassem para a minha cara. *Vejam como ela está feliz. Fez de propósito, essa vagabunda. Queria destruir a família. A gente fazendo tudo pra ela, pagando a faculdade de administração mais cara do país e ela planejando contra a gente. Abriu as pernas pra nos destruir perante a cidade toda. Está na cara que é isso. Já viu a cara das tuas irmãs?* E colocava meu rosto na frente do rosto delas. Pegava minha cabeça com as duas mãos e deixava meu nariz quase tocar o nariz das minhas irmãs. *Olhem bem pra esta vagabunda!*, ele gritava para elas. E se voltava para mim. *Que exemplo está dando como mais velha? Já viu o quanto tua mãe chora? Responde, sua puta, está feliz? Está feliz por ter nos destruído? Vagabunda, responde!*

Meu Deus, o que as pessoas vão pensar de mim?, minha mãe se perguntou.

Em algum momento depois, ela chegou a sugerir

que poderíamos mudar de cidade. Chegaríamos a essa cidade nova, eu seria apresentada como uma jovem viúva, as pessoas ficariam condoídas, e começaríamos do zero. Meu pai chegou a fazer cara de quem ia pensar, mas não voltaram ao assunto. Essa opção deveria dar muito trabalho. Trabalho demasiado.

Na noite em que você apareceu e meu pai não deixou você entrar, eu ouvi você gritando da rua que voltaria. Tentei ir até a janela, eu tentei, meu pai se colocou na minha frente. Insisti. Fui parar na cama com um safanão. *Some daqui, vagabundo! Pensa que eu não sei que você achou que ia se dar bem namorando a minha filha? Mas aqui, não! Da minha família você não arranca nada, nem você nem os pobretões dos teus pais.* Eu também ouvi essas frases todas. Mesmo com um zunido no ouvido por causa do safanão, eu ouvi. E eu queria gritar, se conseguisse, para você não voltar. Eu que ficasse com os meus loucos. Talvez loucos não seja a melhor palavra. Eu que ficasse entre os meus, que sabem exatamente o que são e que deliberadamente fecham o círculo. Passei muito tempo sem entender por que você voltou. Por que você não me abandonou naqueles dias. E não consegui não beijar sua boca na varanda daquele quarto de hotel em Haia quando você, no pouco, tão pouco que consegui tocar nesse assunto, me respondeu *Porque eu te amo pra caralho, ué.*

Assim, no presente.

Não sei se foi por causa desse beijo que você resolveu não aparecer em Noordwijk. Por causa dessa linha cruzada que nos levou ao sexo que eu tanto devia para a menina que fui aos dezoito anos. Só mais uma vez. Nós dois naquele único quarto existente durante aquelas horas no mundo todo. A poeira cósmica de trinta anos saindo por cada poro dos nossos corpos sem que eu pudesse distinguir se era dia ou noite, se eu tinha dezoito, vinte, cinquenta ou cem anos.

Eu gosto de pensar que você desistiu da semana em Noordwijk para que nada mais acontecesse entre nós. Torço, na verdade, para que tenha sido por isso.

7.

Eu me apaixonei pelo meu marido quando escolhemos o mesmo canto da varanda para fugir da festa de aniversário da minha chefe, amiga dele desde a infância, como descobri ali, com a mesma bebida nos nossos copos e a mesma comida nos nossos pratos. *Eu sabia que você existia*, foi com essa frase que conheci a voz dele. A voz de fumante sem nunca ter fumado, os dentes brancos de quem nunca teve uma cárie, as ruguinhas em volta dos olhos que pareciam estrelinhas, as mãos e os ombros grandes, de nadador, como soube logo em seguida, tudo me fez querer grudar naquele corpo para nunca mais soltar. Nunca mais. Foi isso que pensei. Finalmente alguém capaz de apagar as suas lembranças.

Ele foi embora com o meu número de telefone, logo no dia seguinte jantamos juntos e eu descobri que o Fernando, sim, o Fernando me pegaria pela mão e faria tudo para me proteger e me ver feliz. A admiração do Fernando pela mãe, pelo pai, pelas irmãs e pelo irmão. A paixão pela profissão e pela natação. Eu desejei já naquele dia entrar nessa lista dos amores do Fernando. Finalmente eu poderia ser mãe de crianças que poderiam nascer.

Paixão, amor, tesão e proteção. Fernando inaugurou uma combinação de sentimentos em mim. Eu inaugurei algo nele. Os pais do Fernando tinham planos para ele. A filha de um colega de Tribunal do meu sogro. Uma família como a do Fernando. Pais juízes que geram advogados, promotores e mais juízes. Essas famílias com uma única vocação, com aptidão para concursos públicos, sabe? Pois então. Furei a fila. Meu sogro e minha sogra não gostaram muito. Meu pai gostou muito. Eu gostei do Fernando. Apostei que o amor daria conta de tudo. Ainda.

8.

Não sei quantos dias se passaram entre a manhã em que meu pai me chamou no escritório e a manhã em que, eu ainda na cama, eu sempre na cama naqueles dias, as mãos na barriga, meus pais me acordaram e pediram para eu me trocar. Foi assim. Juro que foi assim. Me acordaram e me disseram que tinham conseguido um médico na capital e que minha vida ia voltar ao que era antes. Eu conheceria outro rapaz, há um mundo de gente aí fora, terminaria a faculdade, conseguiria um emprego, cresceria na carreira, ganharia dinheiro suficiente para continuar vivendo no conforto e então poderia pensar em me casar com um homem também com uma boa carreira e ter filhos que seriam criados sem sufoco.

A clínica ficava em um dos metros quadrados mais caros de São Paulo, o que faz com que seja um dos metros quadrados mais caros do mundo. Meu pai na direção, minha mãe com um terço nas mãos ao lado, eu no banco de trás. Nenhuma palavra pronunciada da garagem de casa até a entrada da clínica, onde uma enfermeira me pegou pelo cotovelo, com mãos de passarinho, e me levou para uma salinha onde eu pudesse tirar meu vestidinho de verão e as sandálias de couro, aquelas. Um avental e uma touquinha e o bigode do médico se mexendo sobre a máscara cirúrgica.

Já tomou vodca, menina?

Já.

Então vai ser como se você tivesse tomado um copinho de vodca. E, quando acordar, vai ser como se nada tivesse acontecido.

Foi a primeira, e única, anestesia geral que tomei. Até hoje, quando os médicos me perguntam se já tomei, respondo que não. Imagino que, se responder sim, terei que explicar para qual procedimento. E isso ainda não consigo dizer, assim, com naturalidade.

Sobre o copinho de vodca, ele não mentiu.

Na volta da anestesia, a enfermeira já trouxe meu vestido e minhas sandálias. Saí sozinha para a recepção, onde meu pai estava sentado em um banco olhando para a parede e minha mãe, com o terço nas mãos, ajoelhada debaixo de um Jesus Cristo crucificado.

Na minha memória eu caminho trôpega, o copinho de vodca talvez, o preto e branco do piso em redemoinho cinza sob os meus pés, minha mãe com lágrimas nos olhos vindo em minha direção, o abraço, o agradecimento (a quem?) por ter dado tudo (o quê?) certo (para quem?). E foi com todo esse abalo que ela me perguntou se eu queria tomar um sorvete.

Ela me perguntou se eu queria tomar um sorvete.

E fomos.

9.

Era verão. Janeiro. E não teve férias de verão naquele ano. *Está contente?*, meu pai perguntou dias depois da volta da clínica, quando minhas irmãs reclamaram que não iríamos para a praia. *Mas se ela não teve nada, por que não podemos viajar?*, uma delas chegou a perguntar. Porque quando voltamos da clínica, um dia depois, talvez, meu pai chamou minhas irmãs, minha mãe de um lado, eu do outro, e esclareceu, *de uma vez por todas*, que eu não tinha ficado grávida. *Foi um falso positivo. E agora, sim, um exame confiável deu negativo.* Minhas irmãs me abraçaram, *que bom, que legal, que perigo esses exames falsos, tanto escândalo por nada.* Olhei para o meu pai, com quem não tinha combinado a mentira, o olhar da minha mãe acho que eu nem procurava mais, a verdade, para as minhas irmãs, levei anos para contar. E saiu em um jorro. Porque, naquela casa, o que sai só sai assim, quando rompe, quando já não cabe mais, quando na sobremesa de um sábado ou domingo qualquer o pai, na cabeceira, reclama que a uva não está no ponto, está passada, *Quem comprou essas uvas?*, e a mãe pede desculpas e justifica dizendo que teve ajuda do quitandeiro, enquanto uma filha, acho que a caçula, sugere que ele mesmo compre as uvas se for para ficar reclamando assim, e ele argumenta que já faz demais, afinal, tudo o que se come lá, e se come bem, é por causa do dinheiro dele, *Mas agora dinheiro permite tudo, até grosseria?*, a filha continua, e ele dá um murro na mesa, e a mais velha, eu, a que tem que dar bom exemplo, sempre dar exemplo bom para as menores, então eu solto que o dinheiro dele *Compra até aborto*, e a mãe bate com o bule de café na mesa que ainda tremia por causa do murro e o pai levanta e manda todas calarem a boca e a verdade finalmente saiu, os olhos arregalados das minhas irmãs. *Mas nós não somos católicos?*, não me lembro qual delas perguntou para minha mãe.

Mas naquele abraço de alívio que elas me deram diante da mentira pensada pelo meu pai, eu só retribuí. E depois a pergunta sobre as férias. Que passamos em casa mesmo, na piscina. Eu, minhas irmãs, as amigas que não viajaram. Eu com medo de complicações. E se eu sangrar? E se eu sangrar até morrer? E se eu perder o útero? E se eu nunca mais ficar grávida? Não, não. Os médicos abortistas dos metros quadrados mais caros do mundo sabem o que fazem. E fazem bem o que sabem.

10.

O carro rodava no asfalto quente da capital, da clínica à sorveteria, onde deixei o sorvete derreter depois de duas ou três colheradas no máximo, e da sorveteria pela estrada de volta, como se nada tivesse acontecido. Outros carros passavam, havia pastos com vacas que pareciam descansar, pessoas trabalhando nas cabines do pedágio, polícia rodoviária com cara de quem quer pegar gente do mal que finge ser do bem, ninguém parava um minuto que fosse por mim, pela minha pequena, minúscula tragédia pessoal, a vida nunca para. Mesmo com a morte, não se respeita a morte, quantos minutos de silêncio são necessários? Damos passagem às ambulâncias que levam alguém ali dentro, a mão da morte já a postos sobre a mão do doente, talvez um parente desesperado ao lado, damos passagem e desejamos que tudo corra bem, que cheguem a tempo para a vida, e tocamos a nossa, seguimos para uma festa ou para o supermercado, a lista de compras na bolsa, será que não faltou nada?, ninguém está nem aí para as nossas tragédias, cada um já tem a sua, a gente aprende a fingir que se importa, só isso, aprende bem aprendido, não contei nada para a minha melhor amiga à época, melhor amiga até hoje, lembra da Soraya?, pois é, minha melhor amiga até hoje, não contei nada. Soraya com a cara enfiada nos estudos para passar na faculdade de medicina, o sonho que ela carregava desde que se entendia por gente, e tirava sete numa prova de artes na terceira série e chorava que com sete não entraria na faculdade de medicina, eu nem entendia o motivo do choro, e eu na clínica e naqueles dias em que não existi, e Soraya no segundo ano de vestibular. E se minha dor e minha paralisação fizessem com que a Soraya fosse mal nas provas? Me dei mais importância do que tenho para a vida de vestibulanda da Soraya? Me dou sempre mais importância do que tenho? Fato é que no fim daquele janeiro Soraya recebeu a notícia de que tinha entrado em uma das melhores faculdades de medicina do país e eu me senti orgulhosa. Quando soube, ela não disse que me dei mais importância do que realmente tenho. Me abraçou e me agradeceu pela consideração. Mas disse, sim, que a consideração foi exagerada, que ela daria conta de me dar colo e ainda passar nas provas. Eu continuei me dando mais importância do que tenho e acredito que o meu silêncio ajudou a Soraya a realizar o maior sonho dela. O maior sonho até hoje. Soraya casou, mas logo se separou. O marido médico com a enfermeira nas madrugadas tediosas dos hospitais. O que eu posso fazer se a vida é mesmo um grande clichê? O que posso melhorar ao escrever? Soraya não teve filhos. E meus filhos a chamam de tia Soraya e ganham dela os presentes que se tornam os preferidos deles. E vão ao cinema e ao teatro e ao parque e às vezes vamos nós quatro, eu, ela e eles, passar um fim de semana na praia. E ela fica com eles no mar enquanto eu caminho de uma ponta a outra da praia. E só a Soraya sabe de Haia. Só a Soraya sabe o que realmente fui fazer em Noordwijk. Ela nunca me disse *Tá certa* ou *Tá errada, Faça isso* ou *Não faça isso*. Talvez porque a Soraya tenha sido a minha primeira amiga a me questionar, com nossos nove ou dez anos, se eu achava certo as meninas serem chamadas de galinhas porque namoravam muito e os meninos serem exaltados, namorando o mesmo tanto. *Mas nós somos meninas, Soraya.* E ela: *Ué, e o que é que tem, meninas não podem gostar de namorar como os meninos?*

Soraya pediu o divórcio logo que soube da enfermeira. Eu soube de tantas coisas durante meu casamento, nunca com tantos detalhes como os que a Soraya soube. Eu não soube que meu marido trepou com a enfermeira no quartinho do plantão. E no banheiro. Clichês, clichês, clichês. Não soube que ele tinha um cartão de crédito só para comprar lingeries e vinhos para a enfermeira. E nunca ouvi um *Sim, estou apaixonado por ela*, como a Soraya ouviu. Mas ouvi outras palavras que também cortam e rasgam e cospem na nossa cara. *É difícil resistir às investidas de uma mulher gostosa, ainda mais depois de a esposa ter parido*. A ênfase no gostosa. *É difícil ser homem. É difícil ver sua mulher mudar depois da maternidade. É difícil ver sua mulher querer saber só dos filhos. A gente fica muito carente*. E Soraya nunca me questionou por ficar. Ela me escuta, sempre me escuta, e geralmente termina com *Você precisa de alguma coisa?*, *Posso fazer algo para te ajudar?* E fica mais fácil ter a Soraya como melhor amiga há mais de quarenta anos.

11.

Talvez eu devesse pedir desculpas a você pelo que aconteceu em Haia.

Talvez eu devesse pedir desculpas a você pelo que aconteceu em Haia?

Talvez eu devesse pedir desculpas a você pelo que aconteceu em Haia.

Mas é que não sinto culpa nenhuma pelo que aconteceu em Haia. Finalmente a sensação de ser mulher e não sentir culpa.

E talvez eu já esteja desculpada depois das oito noites e nove dias sozinha em Noordwijk.

12.

Logo que casei passei anos tentando engravidar. Depois dos trinta, mais para os quarenta, tinha pressa. Ao final do primeiro ano de tentativa, o médico disse que era mais normal do que eu pensava levar esse tempo para conseguir. Não se você tem dezoito anos, pensei. Todo mês, quando eu sentia a menstruação começando a descer, corria para o banheiro e começava uma ladainha na esperança de que aquele óvulo não fecundado desafiasse a gravidade e subisse para a trompa para se transformar em embrião. Se tanta gente acredita que Maria engravidou virgem, por que não esperar acontecimentos como esse? Tirava a roupa, sentava no vaso e ficava ali, de pernas abertas, rogando, em vão, com ódio, enquanto via o fluxo encostar na água. Antes de dar a descarga, passava um tempo olhando o desenho que o sangue, agora rosado, formava. Se eu soubesse pintar, preencheria várias telas com aqueles filetes que às vezes se enroscavam em círculos. Usaria tons de vermelho, rosa, amarelo e laranja. Chamaria você para ver, se fosse o meu marido.

No segundo ano de tentativa mudei de médico. Só pensava nisso. Engravidar virou uma obsessão, e não compartilhada pelo meu marido. Não, eu não tinha contado para ele do aborto até então. Comecei com a tal tabelinha. Transar nos supostos dias férteis. A cada menstruação, me enfiava mais no trabalho. *Calma, tudo tem seu tempo*, o que eu mais ouvia do Fernando. Virei uma máquina de trabalhar sem qualquer empatia pelas colegas. Se não podia engravidar, subiria na carreira a qualquer custo. Sairia na capa da *Forbes* como a executiva do ano, encheria o cu de dinheiro e a cabeça de ansiolíticos. Se era esse o jogo, eu iria jogar. Fui promovida duas vezes em dois anos.

Uma das minhas amigas de adolescência – lembra da Daniela? – me ligou para contar que estava grávida, assustada, era o primeiro mês de tentativa, não achou que seria assim tão rápido, *Que loucura tudo isso!*, dei apoio, tentei demonstrar alegria. Depois de desligar o telefone, moí o celular na parede. O Fernando recolheu os pedaços e me deu outro de presente, com uma capinha mais resistente. Com uma conhecida, que encontrei no supermercado e me confessou que estava grávida mesmo usando DIU, caí no choro. Lembro dos azeites na gôndola enquanto eu chorava. Com uma das minhas assistentes na empresa, gravidinha feliz, passei mais trabalho do que ela podia dar conta. Ela chorava e eu quase gozava, arrependida depois, geralmente na hora de dormir. Quando chegou a vez da minha irmã mais nova contar, para a família toda, que estava esperando um bebê, mesmo tendo casado depois de mim, estraguei o que era para ser um almoço feliz de celebração.

Vi meus pais abraçando minha irmã e meu cunhado, todos emocionados, e quando ouvi meu pai dizer que finalmente seria avô, eu já estava em cima dele e da minha mãe, despejando saliva nas lentes dos óculos dele, dizendo que ele poderia já ser avô se não tivesse me obrigado a matar meu filho. *Então é só uma questão financeira, é isso? Ou é uma aliança no dedo? Porque minha irmã está casada, mas ainda depende do teu dinheiro que eu sei. Ela e esse marido que você empregou na empresa. E aí, você também vai mandar nela, no meu cunhado, nessa criança? Ou o mundo mudou as regras que infelizmente você não criou? E você, minha mãe, agora vai ser a mãe exemplar e orgulhosa para as amigas?* Não bati nos meus próprios pais porque o Fernando me segurou, atordoado, *O que você está fazendo?, do que você está falando?* Fomos embora. Que comessem a sobremesa sem mim. Que enfiassem aquele neto no cu. E no caminho de volta para casa eu soube que meu marido também passou por um aborto quando tinha uns vinte e poucos anos, decisão dele e da namorada, meu sogro e minha sogra nem souberam. *E você não pensa nisso todos os dias, nesse filho que não nasceu?* Ele quase riu de gargalhar, *Eu?, você tá louca?, segue a vida.*

No dia seguinte apareceram os dois, meu pai e minha mãe, em casa. Eu estava de cama, como sempre fico depois de a barragem romper. Queriam saber se eu estava melhor. Se eu tinha pedido desculpas para a minha irmã e para o meu cunhado. Abri a porta do apartamento e voltei para a cama. Os dois, minha mãe agarrada à bolsa, me seguiram. Meu pai sentou ao meu lado e esticou a mão para mexer no meu cabelo. Desviei. Minha mãe em uma cadeira mais afastada. A bolsa no colo.

Eu fiz o que achava que devia fazer. Está feito. E acho que fiz bem. Veja do que você se livrou. Preste atenção na vida que você tem agora. Sua carreira, seu marido, a família para a qual você entrou. Eu fiz bem. Você fez bem. Siga em frente.

E foram embora. Ele na frente. Minha mãe atrás, de onde nunca saiu, ainda agarrada à bolsa.

Eu e minhas irmãs nunca falamos sobre esse episódio.

13.

No terceiro ano de tentativa, depois de tabelinhas, ultrassons, exames, mandingas e promessas, o médico identificou que eu estava deprimida. Minha sobrinha já nascida. Maria. Nunca tinha pensado em nome para uma filha. Sempre tive certeza de que o nosso seria um menino. Engravidamos em um 22 de outubro. Eu me lembro porque fazíamos faculdade fora e nos víamos pouco, só nos fins de semana, mas naquele mês foi só em um fim de semana, só naquele fim de semana. Não tinha como ser em outra data. Está lá no meu diário o nosso encontro no dia 22 de outubro. Como ainda não sabia que gestação se conta em semanas lunares, fiz um cálculo simples: 22 de outubro mais nove meses e 22 de julho foi a data que escolhi para o nascimento do filho que não tivemos. Para mim ele tem sua cor de pele e cabelo, o corpo magro e comprido. E se chama Carlos Eduardo, uma homenagem aos avós, acho que você entendeu. E dessa homenagem poderia ser chamado de Cadu. Porque o que eu queria era um filho Cadu.

Mas quando chegou o dia do nascimento simbólico do Cadu não estávamos mais juntos. Você voltou, você tentou, depois de ter dito que faria um B.O. quando descobriu minha ida à clínica em São Paulo (eu tento esquecer seu choro e não consigo), você voltou atrás e tentou, me chamou, *Os planos não mudaram, com filho ou sem filho, ainda quero me casar com você*, desculpa colocar aqui palavras que você mesmo disse. Mas e se você não disse? Era isso que eu queria confirmar, isso também. Você disse, não disse? Você disse que ainda queria se casar comigo. Queria mesmo? Eu beijei você – de novo a minha iniciativa – em Haia, porque você disse *amo* e não *amava*. Porque tem tudo isso que você já me disse e que eu nunca respondi. Você falou para nos casarmos com filho ou sem filho, mas eu simplesmente não consegui. Quando penso naqueles dias, consigo enxergar você, meu pai, minha mãe, até minhas irmãs, mas não consigo me ver concretamente em lugar algum da casa. Me vejo como um espectro flutuando acima de vocês, esperando minha vida ser decidida. Eu não existi naqueles dias. Eu não tinha como continuar se não estava existindo. E não disse nada. Não respondi. Fechei a porta, *Ainda quero me casar com você* nos ouvidos, deitei no sofá com meu pai para ver televisão, ele com o copo de uísque, eu com a cabeça no colo dele, sem o afago das mãos, mas no colo dele, *Ainda quero me casar com você* seria impossível, eu não dei conta, eu não conseguiria, não atendi mais seus telefonemas até você não ligar mais.

Então, quando chegou o dia do nascimento simbólico do Cadu, não estávamos mais juntos, e não pude dividir com você toda essa minha fantasia desesperada.

Foram quase cinco anos sem notícias suas, até aquele e-mail que você me mandou com uma única frase:

Você mata tudo que toca.

Não respondi. Ia responder o quê? Sim, você tem razão. Sim, desculpe-me. Sim, também convivo com isso. Sim, eu me assustei. Sim, não consegui enfrentar meu pai. Sim, eu mato tudo o que toco, o que inclui meu corpo. Sim, eu senti muito medo de que meu pai estivesse certo. Eu vivo com esse filho diariamente, era também uma resposta possível. Para mim ele tem rosto, pernas, braços, pés e mãos com cinco dedos, o nariz grande como o seu, os seus lábios grossos, o seu cabelo e os seus olhos escuros, é a sua cara. Exatamente o pavor do meu pai. Até anda desengonçado, os braços sem sintonia com as pernas. Eu poderia ter respondido isso. E todo 22 de julho, além de escrever uma carta nos diários que ainda mantenho, eu mentalizo um bolo para ele e um presente. Já teve bolo de chocolate, branco e preto, de brigadeiro, de morango com creme, de coco, de paçoca. Ele já ganhou carrinho e bicicleta e jogo de botão que eu sei que você gostaria de jogar com ele. Pelo vaticínio do meu pai, já estaríamos divorciados nesses aniversários e me pergunto se você estaria com a gente para cantar os parabéns. Ou dividiríamos a companhia do Cadu nos aniversários?

Um ano com você, outro comigo? Nós nos daríamos bem em nome do crescimento saudável desse filho? De acordo com meu pai, você nem iria querer saber da gente. Ficaria com o Cadu por prazer ou obrigação? Eu teria entrado com um processo contra você? E porque você foi se mudando cada vez para mais longe, nosso filho teria aprendido a andar de avião sozinho desde cedo, para poder passar as férias com o pai? Porque nunca imaginei que ele não ficaria morando comigo depois do divórcio, claro. O vaticínio, lembra? Passei anos sendo atualizada das suas andanças pelos seus pais, mais pela sua mãe, e depois pelas redes sociais que começaram a surgir e a crescer até se transformarem nesse polvo capaz de agarrar o mundo, e a cada atualização imaginava nosso filho com você nessas cidades. Quem pagaria as passagens? As suas namoradas gostariam dele? Ele saberia se defender delas? Ele precisaria se defender delas? Gostaria mais delas que de mim? Eu sempre esperando pela volta dele. Você com outra mulher, livre pelo mundo, novos filhos, e eu na casa dos meus pais, dependente deles para o resto da vida, sem outro amor possível. Puta, nenhum homem quer uma puta para chamar de sua. Porque, veja bem, quando eu era criança meu pai me contou que ele era o Super-Homem e eu acreditei. Ele me pediu segredo e eu o guardei até dos meus avós paternos, para quem eu olhava e sentia pena, coitados, será que sabem que não são os verdadeiros pais do meu pai? Que o meu avô é aquele homem vestido todo de branco que vive em Krypton e não aquele senhor alto, magro, sempre de terno escuro, que ensinou tudo sobre construção civil para o meu pai? Eu carreguei por um bom tempo essa angústia. Como não ia acreditar no meu pai? Como não ia acreditar no homem que me pegava na piscina quando eu achava que ia afogar? No homem que nos abraçava, eu, a Stella e a Rafaella, quando estávamos com medo do escuro? No homem que apareceu esbaforido na escola quando eu caí e quebrei o braço? Que dizia que tudo ia ficar bem? Que nós cinco juntos poderíamos enfrentar qualquer situação, desde que ficássemos sempre os cinco juntos. Como?

Talvez meu problema não seja matar tudo o que toco. Talvez meu problema seja manter os mortos para sempre vivos.

14.

Tentei não manter a expectativa de que você me esperaria no lobby do hotel em Noordwijk com uma tulipa vermelha nas mãos, como a que você carregava quando foi me encontrar no hotel em Haia. E essa imagem não me saiu da cabeça. Você, a tulipa, um sorriso em meio à tensão dos músculos faciais, a poltrona branca do lobby que eu tanto olhei pela internet, o mar ali, quase estourando nas portas de vidro. Você tinha o endereço, o dia e a hora da minha chegada. Cheguei exatamente na hora indicada no e-mail. Entrei fingindo que não esperava ninguém no lobby. Pelo menos meu fingimento não ficou frustrado. Depois de receber o cartão-chave, já caminhando para o elevador com minha mala para oito noites e nove dias, dei uns passos para trás. *No, madam, nobody has looked for you.*

O quarto era exatamente como estava no site do hotel. De frente para o mar, mais azul do que eu imaginava ser o mar da Holanda. A areia clara, o caminho até lá entre estacas de madeira, o caminho que tanto fiz nesses dias em que você não apareceu, as espreguiçadeiras azuis e laranjas, a que eu tinha imaginado reservar para você só com minha bolsa cheia de livros. Surfistas, ciclistas, corredores, em cada um deles eu coloquei seu rosto nesses nove dias. *No, madam, nobody has looked for you.* Nenhuma mensagem por e-mail. Nenhuma mensagem por WhatsApp. Nenhuma mensagem privada pelas redes sociais. Até eu perceber que tinha sido bloqueada. Toda a sua existência nas redes apagada para mim. Nada. Nem pelos amigos em comum eu conseguia obter alguma informação. Não tinha ideia de que bloqueios podem ser tão eficientes. Ao menos para alguém que entendeu a mensagem e a respeitou.

Foram algumas noites até o barman do hotel, que enchia minha taça de vinho branco enquanto eu aproveitava as noites de verão holandês no bar com varanda, me perguntar se eu viajava a trabalho. Apesar de eu passar o dia todo na praia, andando de um lado para o outro de forma obsessiva, o que talvez ele não conseguisse ver. *Yes, it's a business trip. Nice,* ele respondeu. E me perguntou se eu era casada. *Yes.*

Noordwijk foi a indicação que eu queria, o lugar que eu imaginava quando tivemos a ideia de passarmos uma semana juntos, depois do que aconteceu em Haia, para que pudéssemos encaixar dentro de nós todas as peças que ficaram espalhadas nesses trinta anos. Trinta anos e um pouco mais. Trinta anos e um pouco menos? Nenhuma intenção de nos tornarmos amantes. Brasil e Holanda? Nenhuma intenção de deixarmos nossos casamentos. Não era isso. Não era isso, não é? Cheguei a imaginar ser vista ao seu lado, em Noordwijk, por uma pessoa conhecida. As pessoas que conheço andam pelo mundo e o azar também. Esse é o meu melhor amigo, lá da adolescência, foi como imaginei apresentar você. E eu não estaria mentindo.

O que eu mais queria, mesmo, era contar para você, com calma, sem interrupções, com a maior verdade que consigo encontrar, o que estou contando agora. Sim, talvez a gente transasse de novo. Porque como você mesmo disse quando deixou o quarto do hotel em Haia, *Cara, a gente ainda mandou bem, não?* É, eu queria, coloquei na mala calcinhas e sutiãs sem renda e sem frufrus e não me preocupei com a depilação, mas era além que eu desejava. Esvaziar, se eu pudesse, deixar na Holanda o tanto que acumulo. De tempos em tempos tiro tudo dos armários, roupas e sapatos e acessórios. Limpo as estantes de livros. Já me desfiz de todas as coleções. Canecas. Papéis de carta. Cadernos. Chaveiros. Batons. Pratos comprados nas cidades por onde passei. Garrafas de vodca. E o Cadu, o Cadu não sai, não há faxina suficiente que tire o Cadu de mim. E é isso, não era sexo que eu queria. Mas foi bom, gostaria que viesse mais. Mas não era sexo. Era esvaziar. Deixar o Cadu ali, no meio do oceano, no nosso suor, onde eu não pudesse mais encontrá-lo.

15.

O nascimento da minha sobrinha me tirou do caminho que eu estava (ou achava que estava) construindo (ou destruindo). Vê-la chegar ao mundo foi um susto. Uma inspiração sem expiração. Ela coberta de gosma e sangue, berrando, recém-saída da Rafaella, e eu, pelo vidro, procurando um lugar para me segurar. Maternidades deviam deixar cadeiras ou bancos perto da sala de parto, que mais parece uma sala de espetáculo. Meu pai e minha mãe com as caras grudadas no vidro, fazendo oi com as mãos para uma bebê que ainda nem tinha aberto os olhos. Fingi uma disenteria de emoção e fui até o banheiro chorar. Uma das faxineiras bateu na porta e perguntou se eu estava bem. *Seja o que for, vai passar.* Agradeci o carinho, apesar de detestar essa frase que se pretende um conforto. *Vai passar.* É óbvio que vai passar, tudo vai passar, a vida vai passar. Vamos todos morrer. O Cadu morreu e nem existiu. Sua mãe morreu. Eu vou morrer. Meu pai vai morrer. Minha mãe vai morrer. Seu pai e sua mulher e suas filhas vão morrer. Meus filhos vão morrer (depois de mim, muito depois de mim, por favor). O Fernando vai morrer. Os reis que restam no mundo vão morrer. Elvis morreu, sim. A questão é: o que fazemos enquanto não passa? Mas reconheço a boa intenção. Reconheci naquele dia, naquele banheiro. Quando saí de lá, com a cara bem lavada, a família inteira já estava com a Maria no quarto. Maria era redonda. Quase comestível. Cheguei perto, toquei sua mãozinha, mas não a segurei. *Pode segurar*, minha irmã tentou me tranquilizar. Cheguei mais perto, cheirei a cabecinha com pouco cabelo, e não a segurei. Enquanto Maria ficou na maternidade com minha irmã, e eu as visitei todos os dias, não a segurei. Por muito tempo não peguei a Maria no colo. Dava a desculpa do medo de derrubá-la, de não saber carregar um bebê, enquanto só me vinha uma vontade de sair correndo para chorar.

O senhor acha que posso estar sendo castigada por ter feito um aborto?, criei coragem para fazer ao médico a pergunta mais imbecil que já deve ter surgido na minha cabeça.

Você acredita nisso?, ele me devolveu.

Não.

A ciência também não.

Mas eu acho que é castigo. E merecido.

Foi quando ele me sugeriu um tratamento para engravidar. *Chega dessa angústia, você vai ficar doente. Mais doente.*

Hoje eu vejo que só comuniquei o meu marido. Como sempre, ele me disse sim. Foi ao médico comigo, assinou os cheques, me aplicou as injeções, compareceu onde e quando deveria comparecer em todos os combinados, menos no dia em que os dois embriões foram colocados no meu útero. Ele tinha avisado que era o dia de uma audiência importante, *muito importante*, e eu fui mesmo assim, sozinha. Menti dizendo que o médico não tinha outro dia para isso. O médico perguntou mais de uma vez *Ele não vem mesmo?*, aí menti para o médico. Minha angústia era grande demais para conseguir olhar para fora. Eu estava em tratamento para engravidar. Eu. Eu. Eu. Um filho esperado. Eu e um filho esperado com permissão para nascer eram o meu mundo. E mais ninguém.

Estava no trabalho quando recebi a ligação do médico. *Estou grávida!*, gritei ao telefone quando liguei para o Fernando. Naquela noite, ele chegou em casa com flores. Fomos jantar fora para comemorar, luz de velas, sem vinho, tudo como manda quem inventou as regras da minúscula-burguesia. Esperamos em silêncio as tais doze semanas de segurança. Um embrião tinha vingado, é como os médicos falam. Acendi velas, fiz promessas, mal me mexi, eu que deixei de rezar na infância me peguei rezando todas as noites para que esse filho não escorresse pelas minhas pernas. Era um menino, eu sabia.

Passadas as tais semanas de maior risco, contamos a novidade para a família em um almoço de domingo. Mais um. Como mandam as tais regras. Maria no meu colo. *Maria vai ganhar um priminho!*

Meu pai soltou um grito, ergueu os braços como se comemorasse um gol. Minha mãe me abraçou chorando, *Finalmente, graças a Deus!* Agora é tarde, era o que eu pensava, enquanto retribuía os abraços.

16.

Pelas redes sociais, você soube da minha gravidez. *Caralho*. Foi o que você me escreveu, em mensagem privada. *Você sabe que eu tô feliz pra caralho, né? Esse moleque também é um pouco meu*. E era mesmo um moleque. Escolhi nome de santo. Não sabia onde buscar proteção. Comprei até imagens. Quase quarenta e duas semanas comendo só o que o médico mandava, nada de adoçantes, nada de aspartame, nada de alecrim, muitas caminhadas, muita hidroginástica, muito suco de cranberry, óleo de peixe, massagistas especializadas em gestantes, vitamina com o abecedário inteiro, noites quietinhas no silêncio do quarto, as mãos na barriga, não escorra pelas minhas pernas, não escorra pelas minhas pernas. Nenhuma intercorrência. Nasceu grande, pesado, troncudo e com uma má-formação não identificada em nenhum dos ultrassons mensais que fiz.

Mamãe... é assim que esses médicos nos chamam.

Mamãe, seu filho vai ter que ficar em observação na UTI.

É isso que dá desafiar Deus, foi o que me veio à mente. *Não sou sua mãe para você me chamar assim*, consegui responder para o médico. *Só esse menino que acabou de nascer pode me chamar de mamãe.* E o Cadu, se estivesse vivo. O médico pediu desculpas e confirmou se eu tinha mesmo entendido que o meu filho iria para a UTI. Sim, eu tinha entendido. Doutor. Deus.

Trouxeram meu filho até mim, dei um beijo na cabeça revestida por uma meleca branca, *Seja bem-vindo*, consegui dizer, e o levaram para a UTI. Fui atropelada pelo branco do centro cirúrgico ampliado pelo foco de luz. Fiquei cega por uns minutos. *Essa luz, essa luz, essa luz!*, eu gritava com as mãos ainda amarradas em cruz. *Soltem as mãos dela*, alguém ordenou em tom mais alto que o branco. Barulho de rodinhas sobre o piso gelado. O piso branco e preto e cinza da clínica, minha mãe, Jesus crucificado, seu estudante de filosofia de merda, mamãe, Cadu, *Alguém solte as mãos dela*, o grito continuava. *De quem são essas pernas?*, perguntei para as auxiliares quando vi duas pernas sobre a maca, longe do meu corpo. Me olharam assustadas. *De quem são essas pernas? São as suas*, elas me responderam, na minha lembrança gaguejando. Estavam afastadas do resto do meu corpo, como naquela mágica em que um homem (claro) serra as pernas de uma mulher (claro) e fica rodando com elas dentro de caixas. Meu marido acompanhando a internação do nosso filho na UTI, do lado de lá da sala o resto da família com as caras grudadas no vidro, como ficaram no nascimento da

Maria, Maria no colo do meu pai, as caras grudadas no vidro com os olhos de quem não entende o que está acontecendo, levaram o bebê, fecharam a cortina, minha pele, meus músculos e minha gordura ainda sendo costurados, à mostra, minha dor um espetáculo. Busquei as imagens do santo, as promessas que fiz e também o seu rosto.

No quarto, sem meu filho, não ouvi a voz de nenhum dos parentes ali apinhados. Minhas irmãs, meus pais, sogro, sogra, cunhadas, cunhados, alguns amigos mais próximos. *Não era para ser assim*, minha mãe me disse. Tantas outras coisas não eram para ser do jeito que foram, pensei e não disse. Sim, algum prazer eu sentia ao ver o sofrimento dos meus pais. Eu não era a única castigada por Deus. Pelo menos nisso Deus estava sendo justo, a ideia do aborto não foi minha, afinal. Isso conta para Deus? Deus olha o *iter criminis*? O caminho todinho, desde a iniciativa de levar a filha para a clínica até o sorvete oferecido depois do aborto? Olha, Deus? Olha para os médicos caros em suas clínicas chiques? Olha? Ou a depender da conta bancária das pessoas envolvidas desvia o olhar? E quando meu pai me abraçou, naquele quarto de maternidade sem meu filho, e me disse que tudo daria certo, que já tinha dado tudo certo, estávamos no melhor complexo hospitalar do país, com os melhores médicos do país, *Se não der certo aqui não vai dar em nenhum outro lugar*, eu nada respondi.

Meu filho ficou bem. Depois de uma semana na UTI em decorrência de uma cirurgia corretiva, fomos para casa e tive a esperança de que, talvez, eu pudesse me perdoar.

17.

Começou com o pavor da morte do meu filho. Estava evidente que eu havia cometido um crime e teria de pagar por ele. Esse filho não poderia sobreviver. Não é assim que funciona para a mulher que aborta, ainda que ela seja uma menina e faça o aborto contra sua vontade. Não interessa a vontade ou o motivo, ela vai pagar por isso. Os filhos que vierem depois pagarão por isso. Há uma multidão lá fora para decidir o destino da mulher abjeta que aborta sem que ao menos uma pergunta seja feita a ela. E quanto mais eu olhava para o meu filho, agora nascido, mais essa multidão gritava e pedia meu sangue. E assim eu passava os primeiros dias da vida dele, esperando o castigo merecido. Todos os sinais tinham sido dados: a dificuldade para engravidar, o tratamento, a criança malformada. Minha insistência não sairia impune. Colocava o dedo indicador debaixo das narinas do bebê, cutucava-o enquanto dormia, colava os ouvidos na região do coração. Passei a não dormir, sentada em uma cadeira ao lado do berço. Se a morte chegasse, me encontraria atenta. Levaria meu filho, não sem a minha vigilância. Ninguém podia segurá-lo. A morte poderia estar em outros colos. Eu tirava a criança até mesmo do colo do pai. Levei-o ao pediatra de pijama. *Tem alguém cuidando de você?*, o médico me perguntou. *Doutor, olhe o meu filho*. E meu filho estava bem. Enquanto olhava o menino dormindo no berço, imaginava as maneiras como a morte poderia chegar. Uma parada cardíaca. Engasgamento. Sufocamento. Afogamento. A tal morte súbita que eu nunca queria saber que existe. Colocava o menino para dormir quase em pé. O leite regurgitado não voltaria para matá-lo. Lia sobre morte de bebês. Comecei a buscar rotas de fuga. Se a morte chegasse, eu fugiria com meu filho no colo. Contei os passos até o elevador social. Depois até o elevador de serviço. Os degraus da escada de incêndio. A morte nos pegaria fugindo. Imaginava a morte me estuprando, eu com meu filho no colo. Fosse como fosse, estava decidido, eu não o soltaria. Parei de comer. Parei de dormir. Parei de tomar banho. O leite sumiu. Meu filho morreria de fome. Então seria assim, o castigo era sofisticado, eu mesma mataria meu filho de inanição. Eu matava mesmo tudo que tocava, você estava certo. *Quem está cuidando de você?*, a pergunta do pediatra mais uma vez. *Doutor, olhe o meu filho*. E ele: *Seu filho está bem, quem não está é você*. E chamou meu marido, que chamou minha mãe, que chegou em casa agarrada à bolsa. E que chorou quando olhou minhas olheiras e meu cabelo ralo. *Vou pagar pelo que fiz*, eu disse para ela, *mas você e meu pai também*. Empurrei-a para fora da minha casa. Ela resistia e eu a empurrava mais, até que ela foi, chorando mais, chorando alto, agarrada à bolsa. *Você não está bem, você não está bem. Parabéns!*, eu gritei da janela do apartamento para minha mãe na rua, *agora são vocês que conseguiram o que queriam. Está feliz, mãe, está feliz? Não era isso o que vocês queriam?* Jesus crucificado, o olho de Deus, o terço, a mulher que aborta, assassina. Ela olhava para cima, balançava a cabeça e continuava chorando. E nessa noite, necessitada de um corpo que me acolhesse, abracei meu marido e engravidei. De novo.

18.

Mas o que acontece comigo?, eu gritava pelo telefone para o médico que confirmou a gravidez enquanto eu ainda tinha um filho bebê para defender da morte. *Agora eu não quero, agora eu não queria, isso também é parte do castigo? É possível a paz para a mulher que aborta?* O médico abriu uma brecha na agenda para me ver com urgência.

Sentei em frente a ele, rosto inchado, cabelo sem pentear, um casaco duas vezes maior que meu número cobrindo a roupa desconjuntada, meu bebê no carrinho ao lado, e chorei um choro atávico. Como eu conseguia dizer que não queria outro filho agora? Mas a verdade é que eu não queria. Não agora. Como agora? Mas talvez esse filho fosse a chance de eu me dar uma trégua. Estava aí a prova, eu ainda era capaz de gerar um filho espontaneamente. *Viu como não há castigo algum?*, o médico me perguntava. *Se perdoe*, ele me pedia.

Talvez a multidão tivesse se esquecido de mim. Ou decidido me dar uma chance. Talvez Deus. Ou aqueles santos todos para quem acendi tantas velas. Eu tentava parar de chorar e não conseguia, o médico precisava atender a próxima paciente e com delicadeza me pediu para ficar calma e mudar de sala, uma enfermeira me acompanhou, me ofereceu água, me deu a mão, segurou um pouco meu filho, só um pouco, e chamou meu marido para que eu não voltasse sozinha de táxi com o bebê. Enquanto ele não chegava, achei você pelas redes sociais, uma mensagem privada, como sempre. Lembra? *Acho que enlouqueci*, foi o que escrevi, torcendo para que você lesse e entendesse e respondesse. *Viva Nise da Silveira*, você respondeu em seguida. *É sério*, devolvi. Era fim de tarde em São Paulo. Da janela hermeticamente fechada de um vigésimo sétimo andar de um prédio lotado de consultórios médicos, eu conseguia ver o rio e a luz amarelada no céu quase tragado pelas lanternas vermelhas dos carros. Barulho só na minha cabeça. O bebê dormia e a enfermeira tinha me deixado sozinha com uma xícara de chá. Foi quando você ligou, chamada de vídeo, não sei há quantos anos não nos víamos, seu cabelo tinha ganhado fios brancos, a testa estava maior, o sorriso do menino continuava ali, *O que é que acontece com você?*, o cheiro da gasolina, a água da cachoeira, as pedras, o cobertor, a massagem nos pés, o ponto branco, eu chorava porque via seu rosto pela tela. Porque você respondeu rápido. Porque há tantos anos. O *amo* no presente. Não me lembro de tudo o que você me falou nesse dia. Talvez não tenha falado quase nada, foi rápido, talvez só as frases finais, eu ali naquela salinha daquele consultório. Mostrei meu bebê dormindo no carrinho. Mostrei meu rosto. Mesmo abatido. Mesmo assustado. Você chorou. *Não deixa ninguém te julgar não, mulher, muito menos você. Vai ter mais esse filho, vai, pega esse presente que é teu. Vai, mana, te amo.*

Guardei esse *mana*. Queria escrever esse *mana* no espelho. *Mana*. Eu tenho um amigo. Eu queria, em Noordwijk, agradecer você por isso. Por isso também. Por ser meu amigo. Por ter me dito, em Haia, que admirava a mulher que fode fora do casamento, como a sua faz. Ou fazia. Ou já fez. *Vocês têm que dar esse chute no meio do saco do patriarcado*, a frase que você, pai de meninas, disse sorrindo enquanto tomava um gole de vinho. Suas frases, suas palavras que ajudam a me sustentar no eixo que às vezes perco. *Mano*.

19.

Que bonitos esses brincos, e seus dedos neles, toque leve, nosso encontro em Haia. Os brincos que você tirou para que não os estragássemos na cama. Os brincos que mais uso hoje. Quando quero me dar a certeza de que vivi aquelas horas. Agora vivo me perguntando se você também precisa se lembrar dessas horas. Agora acredito que nunca terei essa resposta. E tantas outras. E por que eu acreditava que todas as perguntas seriam respondidas até a hora de nossa morte, amém? Acreditei no meu pai com suas regras infalíveis de causa e efeito. Coloco os brincos e uma corrente de ar se espalha por todos os órgãos, meus pulmões inflam, o sangue acelera nas veias e sinto que posso passar por mais um dia. Beijo as crianças, desejo um bom-dia ao marido, afago o cachorro, bebo água.

Tenho o livro que você me deu na estante. *Sem tesão não há solução*. Abro nos trechos grifados pela sua mão esquerda. As setas que você puxou: *Leia isso aqui, isso é tão você!, Leia isso, leia isso*. O trecho sobre o tesão cotidiano e sua letra: *Isso foi você quem me ensinou, Milla*. Abro o livro e fico parada mais tempo nesse trecho, à procura do meu tesão cotidiano em meio à pia cheia de louça suja e aos gritos das crianças perguntando o que tem para comer.

20.

A mensagem que você me mandou pelo Facebook para dizer que seria pai. Para dizer que estava *feliz pra caralho* porque finalmente poderia ser pai.

Desculpe-me por não ter respondido.

Eu chorei muito. Emocionada com a sua alegria. E com a minha. Eu desejava muito que você fosse pai.

E cheguei a rir quando vi, também pelas redes, que sua primeira filha nasceu no mesmo dia que eu.

21.

Uma junta médica para me aconselhar a tomar, ou não, remédios contra o pânico e a depressão. Se o primeiro nasceu e foi para a UTI mesmo com todos os sucos naturais e vitaminas que tomei, passei a imaginar o que aconteceria com o segundo se tomasse algum remédio. Passaríamos a gestação limpos, com a ajuda diária de terapia, que ainda precisava me ajudar a aceitar os peitos, as coxas e a barriga que eu não entendia como meus. Meu novo corpo sobrava. Chorei todos os dias dessa segunda gestação. Todos, não é exagero. Nada disso estava no vaticínio do meu pai.

Além de não dormir para evitar a morte do filho já nascido, o que estava para nascer me fazia enjoar e vomitar se ficasse em pé, sentada ou deitada. Além dos enjoos, meus pés e mãos formigavam dia e noite. Andava pela casa chacoalhando as mãos, balançando os pés, tentativas inúteis de me livrar das formigas. O médico desconfiou de esclerose múltipla. Mais exames. A gestação e os hormônios e meu cérebro não segurava mais nenhuma informação. E achei que estava vendo fantasmas nascidos das minhas noites insones quando desconfiei do telefonema que o Fernando não atendeu na minha frente. O jeito de olhar para a tela e colocar o telefone de volta no bolso com uma naturalidade fingida. Era isso ou eu estava mesmo paranoica, vendo formigas onde elas não existiam?

Eu tinha a senha do telefone dele guardada na memória, alguma vez que pedi para checar sei lá o quê e ele me deu, talvez certo de que eu nunca a guardaria, o que não me esforcei mesmo para guardar, talvez certo de que nunca passaríamos por algo parecido, não Fernando e Camilla, tão apaixonados, tão feitos um para o outro, mas minha memória é assim, engaveta as informações e, quando acho que não tenho a mais remota lembrança, a gaveta se abre e era óbvio, ele estava sendo acusado de ser como os outros. *Você é mesmo como os outros* na tela.

Só não escrevo que perdi o chão porque foi o chão que me segurou. O telefone dele na minha mão. Outros? Meu marido como os outros? Meu marido no banho. Eu ainda no chão. Outros? Que outros?

Um murro na tela da televisão que ficava no nosso quarto, onde ele gostava de assistir aos noticiários e jogos de futebol nos finais de semana, meu grito e minha raiva aumentaram o choro do meu filho no berço, quebrei um vaso na sala, mentira, nem sei quantos vasos quebrei, mais de um com certeza, aquele monte de vaso de presente de casamento, aquele bando de desembargador que só sabe presentear com vaso de cristal, nem Mrs. Dalloway para encher tudo aquilo com flores. As redes colocadas nas janelas não me permitiam arremessar nossas fotos ampliadas, emolduradas e penduradas na parede do quarto. Tive que moer a moldura e o vidro de cada foto para depois rasgá-las em pedacinhos que passassem pelos buracos das redes. Minhas mãos cortadas pelo vidro. Eu e o Fernando picotados em preto e branco caindo do décimo segundo andar. Os berros do bebê.

Não é nada demais, os gritos dele. E os meus. E os do nosso filho.

Meu pai tinha me passado todo o roteiro da minha vida futura se eu abortasse e vivesse como se nada tivesse acontecido e engravidasse de novo só depois de uma carreira sólida e de um casamento com um homem com uma profissão tradicional (mais tradicional que um advogado filho de desembargador não tem, pai) e carreira de sucesso e dinheiro para sustentar a família, mas me escondeu essa parte. Não contou que os maridos não aguentam o puerpério e procuram colo em um corpo fresquinho e durinho.

Dormi no chão essa noite, ao lado do berço. Na manhã seguinte arrumei uma malinha para o meu filho, entrei no carro e consegui dirigir até uma praia. Só me concentrava em respirar. Olhava o bebê com nome de santo, escolhi Antônio por ser o padroeiro das mulheres estéreis e também por causa daqueles olhos, parecem bondosos os olhos de Santo Antônio, o bebê que não tirava os olhos de mim, lá da cadeirinha. Eu olhava para ele, dizia que tudo ia ficar bem, e respirava. Olhava e respirava. Olhava e respirava. Mais um na barriga. Vamos ficar bem, a vida é maior do que isso, eu repetia. Olhava e respirava. Olhava e respirava. Chegamos.

Tirei o Antônio do carro e sentei com ele no meu colo em um banco para olhar o mar. As pessoas caminhavam pelo calçadão, eu falava baixinho com meu filho que mexia as perninhas e os bracinhos freneticamente. Pensei em compor uma canção que falasse sobre *Teu pai é um desgraçado e quero que ele morra para nos deixar em paz para sempre*, mas nunca fui boa em compor canções. *Morra, papaizinho, morra*, mas em vez disso peguei o celular e procurei você pelas redes sociais. De novo. *Mano*. Digitei. Digitei e apaguei. O mar e as pernocas do meu filho. Você não estava lá, não era para estar, aquele lugar entre mim e meu filho não era seu. Era do Fernando. As pernocas do meu, do nosso filho, que não balançaram. Esse filho nem chegou a existir. Um ali, outro na barriga. Outro no nada. Um murro na televisão. Até onde somos capazes de chegar? *Louca, sua louca, você não entendeu nada*. Nós, as loucas. Não digitei uma nova mensagem para você. Como terminar um casamento com um filho no colo e outro na barriga? Respirar. Respirar e voltar para casa. Loucas. Putas. Vagabundas. Respirar e esperar para tomar uma decisão. Qualquer decisão. Ainda tinha uma gestação para enfrentar. Qualquer passo seria quase impossível para as minhas pernas inchadas.

22.

Cinco por três. Por isso passei o parto achando que estava morrendo. *Sua pressão foi a cinco por três*, o médico me explicou quando meu segundo filho, uma filha, na verdade, já estava no meu colo. Passei o parto achando que estava morrendo, seria agora que pagaria pelo aborto?, e ainda pensando que o Fernando ia ficar com os meus filhos, criá-los com a não sei qual das mulheres das tantas mensagens que até parei de ir atrás porque com tantas assim não era possível que uma fosse amor. Amor. Que ideia! Queria ter forças para matá-lo comigo, mas com uma pressão arterial dessas eu não tinha a menor chance de fazer qualquer coisa, mexer um dedo, enfiar uma agulha na jugular, se é que isso mata. *Eu vou morrer*, me lembro de dizer ininterruptamente, e me lembro dos olhos do Fernando sobre a máscara cirúrgica, arregalados e fundos. Um rastro de suor descia pela testa. Horas depois, certa de que não morreria, não daquilo, perguntei se ele tinha se assustado muito. *Eu? Por que iria me assustar? Nada de ruim vai acontecer com você. Nem com a gente.*

Voltei a respirar e ter o sangue circulando normalmente pelas veias quando a bebê saiu de mim, com quase cinco quilos, e me disseram que ela estava ótima e que logo subiríamos para o quarto. *Obrigadaobrigadaobrigadaobrigada*, sussurrei no ouvidinho dela. Teu pai é um idiota, também pensei em dizer, mas achei que isso poderia ficar para depois, ela que descobrisse sozinha, ela que não sonhasse com casamento e marido com carreira de sucesso e essa palhaçada toda que o avô dela me contou. Respirar. Ainda tinha um filho, dois, um filho e uma filha, para criar. Respirar.

Não precisei fingir alegria no segundo parto. Eu estava mesmo feliz com a chegada dessa filha, que também ganhou nome de santa escolhido ali mesmo, quando olhamos para a carinha dela. Depois que ela já estava registrada e até já andava, resolvi pesquisar se essa santa tinha dia. Ou melhor, todos santos têm um dia, resolvi pesquisar qual era. Adivinha?

Esse mesmo.

Eu passaria a fazer comemorações duplas no dia 22 de julho. O aniversário do Cadu que nunca existiu e o onomástico da Madalena. E pretendia conversar sobre tudo isso com você em Noordwijk.

23.

As mensagens não pararam depois do nascimento da Madalena. Dos vinte aos sessenta, todas pareciam interessar ao meu marido. Eu, a mulher egoísta que só pensava nos filhos. Eu, a mulher que tinha esquecido o marido, *coitadinho, tão gato, tão gostoso, tão atencioso, tão abandonado*. Li. Eu lia. Eu procurava e achava. Eu não procurava e achava do mesmo jeito. Qual o máximo de clichês que consigo escrever aqui? Ainda assim, não darei conta. *Você está louca, não é nada demais, é só carência, você não liga mais para mim, você só quer saber dos filhos, você não entende nada*, e minha filha fora do peito para que eu pudesse tomar a medicação para o pânico e a depressão. Mais clichês. Da família toda. *Você precisa se esforçar, seu problema é falta de reza, tem que ter força de vontade, tem que ter fé, você tem filhos saudáveis e não pode querer mais nada, a mulher é quem mantém a família unida, a mulher é quem tem sabedoria para saber lidar com isso, homens são assim mesmo, ele não bate em você e não bebe, é trabalhador, está reclamando do quê?*

Até que mais uma mensagem. Até que mais uma mensagem no celular que foi deixado na minha mesinha de cabeceira, *por engano*. Para não quebrar mais objetos pela casa, para não me culpar mais depois de assustar meus filhos, para não gritar, para não agredir, resolvi dormir. Era o mais seguro. Mas uma cápsula não me fez dormir. Não imediatamente. E eu precisava do sono. Imediatamente. Nem duas. Nem três. E perdi a conta. Antidepressivo, ansiolítico, estabilizador de humor, indutor do sono, remédio para emagrecer, nenhuma das mulheres das mensagens tinha minha barriga flácida e caída e meus peitos cheirando a azedo, até umas cápsulas de melatonina perdidas na cabeceira, tentativas frustradas de ser mais saudável. Eu precisava do sono imediatamente. Você entende esse imediatamente?

Acordei com meu marido, meus pais, minhas irmãs, meu sogro, minha sogra, a terapeuta e a psiquiatra no quarto, todos me olhando.

Por que eu tinha feito aquilo? *Era só o que faltava, ela tem que estar sempre querendo nos derrubar. Ela não tem estrutura para o casamento. A filha do Albuquerque Lins jamais faria isso, eu avisei. Ela é mais que louca, não podia ter filhos.*

Tentei explicar. Não era... Não tentei... Só queria... Só queria... dormir... porque... Alguém achou melhor eu não falar nada. E a médica, que meses depois me disse que os homens eram assim mesmo, achou que eu devia ser internada em uma clínica de repouso, foi isso que entendi, repouso, descanso, eu precisava me proteger e proteger os meus filhos. *Tá feliz?*, voltei a gritar contra o meu pai, tentando acertar minhas mãos errantes e fechadas no peito dele. *E agora, tá feliz, era isso que você queria, não era? Cadê o resto das regras? Cadê? Onde isso estava no seu roteiro?* Eu gritava com a voz embriagada e tentei pegar meu pai pelo pescoço. Tentei pegar meu pai onde desse. Meu pai se desviando das minhas mãos. Eu queria minhas unhas nele. *Esse bosta*, eu apontava para o meu marido, as pernas amolecidas fazendo meus pés tropeçarem um no outro. *Não fale assim do seu marido*, meu pai tentou me segurar. *Seu bosta*, eu me voltava para o meu pai. *Não fale assim do Fernando*, meu sogro com o dedo em riste no meu nariz. Cuspi na cara dele. Cuspi na cara do desembargador. O berro da minha sogra. Da minha mãe com as unhas vermelhas sobre a boca. A loucura, aos olhos daquelas pessoas, se confirmando. *Ela pode dar entrada na clínica com o nome de solteira?*, a pergunta do meu sogro enquanto limpava o rosto com um lenço de pano. Eu seria mesmo internada, como fui, levada pelo meu pai e meu marido. Meu pai dirigindo, meu marido ao lado, eu no banco de trás. Meus bebês com minha mãe e minha sogra no comando das babás. Quantos pronomes possessivos. Vomitei no caminho.

Enquanto cuidavam da minha internação, achei você pelas redes sociais. De novo digitei algo e não enviei. Não porque me arrependi. A mensagem, que meus dedos não conseguiram enviar, deixei arquivada até hoje.

Foda-se adube minha famikiia a orgasnzicaoo festa ttabhjhsfr su meu trabshjhfsffffeeee naoo qui maatrrr ee elkke

24.

A clínica ficava em um prédio de tijolinhos aparentes. Não sei dizer em que bairro. Nunca perguntei. Quando entrei no quarto em que passaria os próximos dias, depois de o meu pai e o meu marido terem cuidado da internação, tive que deixar o celular para fora, assim como o desodorante, o vidro de perfume, as canetas e as lapiseiras. Os livros e o caderno podiam ficar, mas não sei com o que eles pretendiam que eu escrevesse. Os livros entraram, mas também não sei ler sem grifar os trechos preferidos, de forma que saíram tão intactos quanto entraram. Cheguei a implorar pela minha lapiseira. *Para eu grifar os livros, só isso, por favor, por favor!*, mas a enfermeira saiu com tudo o que era proibido nas mãos. Aparentemente eu poderia me matar com a lapiseira, metê-la nas veias dos pulsos, não sei, nunca tinha pensado que uma lapiseira pudesse matar.

Caí no choro sem a lapiseira vermelha. Depois que ela me foi devolvida, no dia da alta, foi a primeira coisa que joguei no lixo. Daquela clínica mesmo. Que fiquem com ela.

A médica havia dito que era um lugar para eu descansar. Imaginei jardins. Imaginei músicas com sons de flauta. Imaginei fontes de água. Mas dentro do prédio de tijolinhos só havia corredores brancos com as portas dos quartos, também brancas, fechadas. Fui colocada no quarto em frente à enfermaria. Seria mais fácil pedir ajudar, eu podia até ficar de porta aberta, de acordo com o diretor da clínica, que na verdade era um hospital, já que meu caso não era tão grave como os demais. *Como os demais? Quem são, doutor?*

Descobri quando o colega do quarto ao lado saiu para me ver, uma baba grossa escorrendo pelos cantos da boca, eu nem sabia que baba podia ter aquela espessura espumosa do rio Tietê nos dias mais imundos, me deu um *Oi* derretido e fez rodar o indicador da mão direita em volta da orelha do mesmo lado, os olhos prontos para saltarem do rosto. Talvez eu estivesse no lugar errado, nunca pretendi me matar, precisava explicar isso para alguém, eu só queria dormir e esquecer da morte que rondava meus filhos, dos meus peitos e barriga irreconhecíveis em contraste com as gostosas que afagavam o ego abandonado do meu marido, do presidente da empresa que me perguntava se eu já estava pronta para voltar ao trabalho, de quantas mais licenças eu precisava, aquilo era uma empresa ou uma colônia de férias?, e minha filha mais nova só chorava e comia, não dormia, e é óbvio que ela só chorava se tinha se formado dentro de uma mãe que chorou todos os dias da gestação, apesar da minha alegria em tê-la nas minhas entranhas. Eu disse para ela que iria ensiná-la a se comunicar de outro jeito, porque tem outro jeito, *Acredita que a mamãe um dia já se sentiu a mulher mais amada e admirada do mundo?*, mas eu ainda não tinha conseguido mostrar esse outro jeito. *Porque parece, minha filha, que muitas coisas podem acontecer na nossa vida fora da cartilha que nos fizeram acreditar que existe.* E ela precisa de mim para mostrar uma nova cartilha. Eu precisava reescrever essa história para ela. Para meu filho também, mas principalmente para a Madalena. E como eu precisava explicar tudo isso para alguém – a médica ou o diretor ou uma enfermeira, porque não foi uma tentativa de suicídio, *Escutem bem, não foi, eu só queria dormir, ei, alguém aí?* –, resolvi sair do quarto e pegar o elevador para procurar esse alguém, para ver se esse alguém podia ligar para o meu marido ou para o meu pai e explicar para eles que eu estava no lugar errado, eu tinha todas as mensagens do meu marido arquivadas, eu sabia ler, sim, e sou boa leitora, mas eu mal tinha tirado o dedo do botão do elevador quando quatro enfermeiros, todos homens, só me lembro dos braços peludos por baixo dos uniformes brancos, me cercaram e me levaram de volta para o quarto. Tentei dizer que eu só queria procurar o diretor, mas é muito difícil para uma mulher, ainda mais dentro de uma camisa de força, explicar para tantos homens que ela sabe que não está louca.

Eu não sei precisar quantos dias fiquei lá. Não sei em que dia fui. Só o mês. E o ano. E fiquei em torno de dez dias. Parece que meu marido, ou o meu sogro, conseguiu minha liberação antes do combinado, sem que meu nome aparecesse. Enquanto estive lá, o que mais fiz foi dormir e aceitar os remédios que me deram. Do chuveiro saía pouca água. O jardim interno estava mais seco que a Praça da Bandeira do nosso abraço político. A terapeuta era loira, disso me lembro. Acredito que ela tenha entendido que eu não queria me matar. A comida era ruim, aproveitei mais as sopas e os cremes da noite, e parece que eu era privilegiada porque podia comer no quarto, o que me poupava dos babões. Os poucos pacientes e as poucas pacientes que vi passando pelo corredor usavam batas brancas como eu. Pela janela eu via uma rua com pouco trânsito e muitas casinhas que logo seriam vendidas para uma construtora como a do meu pai erguer um prédio cheio de varandas gourmet. Me lembro das pernas e dos braços de algumas enfermeiras, mas não dos rostos. De nenhum rosto. Assim como me lembro dos braços e das mãos do diretor assinando minha internação, cor de pele árabe e muitos pelos pretos, aliança grossa na mão esquerda, mas não me lembro de qualquer detalhe do rosto, assim como só me lembro do bigode do médico que fez o aborto, o bigode por cima da máscara que escondia a boca que me disse *Vai ser como se nada tivesse acontecido.*

Só sei que em certa manhã meu marido apareceu na porta do meu quarto ao lado do diretor e eu estava liberada. *Você logo vai esquecer que esteve aqui*, dessas palavras do diretor eu me lembro. No caminho para casa, meu marido me disse que as crianças estavam ótimas, que minha mãe e minha sogra tinham se revezado, estavam todos dormindo, comendo e brincando bem. Pessoas sãs, orgulhosas de suas sanidades. Acho que desisti ali. Eles tinham vencido.

25.

Pelas contas que faço, uns seis meses depois do aborto, minha mãe foi até meu quarto, os olhos bem abertos, para dizer que a Márcia, a filha de catorze anos da Luzia, a cozinheira lá de casa desde que eu me entendo por gente, não sei se você lembra dela ou do pudim de leite dela (ainda sua sobremesa preferida?), estava grávida. Minha mãe veio me contar chorando, *Meu Deus, catorze anos e grávida!, tudo o que a Luzia faz por essa menina, grávida!* Não sei o que respondi, se respondi, só gravei a frase seguinte da minha mãe. *Mas eu disse pra Luzia ficar tranquila porque nós vamos ajudar no que for possível.*

Vão levar ela pra clínica, mãe?

Você está louca? Foi isso que minha mãe me disse: *Você está louca?*

Mas a Márcia vai ter o bebê, mãe?

É claro que vai.

Mas e o futuro da Márcia, mãe? Ela está na escola, depois tem a faculdade, não é isso que todo mundo aqui fala pra ela? Pra ela fazer faculdade? E como vai estudar com filho? E vai casar? E se casar, vai ser pra separar depois? E nunca mais homem nenhum vai querer a Márcia porque homem nenhum quer uma menina usada. E o futuro da Márcia, mãe?

Mas, Camilla, minha mãe riu com os lábios caídos, cheios de dó da minha falta de entendimento sobre tudo, *essa gente já não tem futuro*.

E meus pais compraram fraldas e roupinhas e sapatinhos e berço e banheira e cadeirão e bolsa para carregar tralha e carrinho e chupeta e mamadeira e leite em pó e brinquedinhos e um móbile e babá eletrônica, e a Ingrid, filha da Márcia e neta da Luzia, desde os quatro meses ficou na casa deles enquanto a Luzia trabalhava, e olhava a neta, e a Márcia ia para a escola. E a Ingrid entrou de daminha no casamento dos pais, quando a Márcia já estava na faculdade de Enfermagem e o Cláudio na faculdade de Administração, com um estágio bem remunerado que meu pai conseguiu para ele na empresa de um amigo. E meus pais são os padrinhos da Ingrid, que estudou Administração como o pai dela e trabalha na empresa do meu pai, que elogia a Ingrid todos os dias e nos lembra que é impressionante o duro que a Márcia e a Luzia deram para criar essa menina tão bem-educada, *Com nossa ajuda material, é claro, mas é impressionante o esforço e como as coisas dão certo para quem se esforça*. E eu olho a Ingrid e penso no Cadu. Se teria feito faculdade. Se teria um emprego arranjado pelo meu pai, ou não, e também se seria elogiado pelo avô, ou não. Se seria um viciado e estaria perambulando pelas ruas gastando o nosso dinheiro em cocaína ou crack ou heroína ou sei lá o que mais que se pode usar. Seria alcoólatra já? Teria uma namorada ou um namorado ou os dois? Penso se gostaria da gente. Seria doce? Seria agressivo? Angustiado? Perco tempo demais com perguntas que não deveriam existir. Porque é tudo um grande "e se?". E o "e se?" é nada. É um nada no vazio. Aqui não precisou haver esforço. Aqui já havia futuro demais. O grande mérito dos que admiram tanto a meritocracia é simplesmente seguir as regras do jogo. Mas em caso de desvio, sempre há um bom profissional com altos honorários para colocar o jogo em quadra de novo. Como se nada tivesse acontecido.

26.

A garrafinha de uísque que você tomou no quarto do hotel em Haia logo que entrou. *Você me deixa nervoso, você ainda está linda, é difícil olhar pra você.* Coloco essas frases no *repeat* da minha memória. O momento em que você tirou toda a minha roupa e eu pensei que era preciso ter muita coragem para ficar pelada, de novo, na frente de um mesmo homem, depois de trinta anos, depois de dois filhos, depois de tantas comparações. Não era a barriga que você conhecia. Os peitos. A bunda. Os pelos. O calcanhar agora rachado. As unhas dos pés e das mãos. A pele que parece ganhar uma camada de renda. Minhas pernas mais parecidas com as pernas da minha avó, essa rendinha que eu observava quando ela dobrava uma perna sobre a outra e a saia deixava uma brancura para fora. A falta de lubrificação. As pálpebras em camadas. Meu rosto a cada manhã mais parecido com o da minha mãe. Não o da minha mãe jovem. O da minha mãe hoje. O da minha mãe já cansada. Os cabelos que rarearam depois da segunda gestação. Fios brancos que não quero mais esconder com química. O lóbulo da orelha que ainda cresce. Como a gordura ao redor da cintura. As roupas que eu usava quando éramos um jovem casal de namorados. Tudo isso deixa de existir? Hoje os vasinhos estourados nas coxas. As coxas que se esparramam quando sento. E se eu ficar deitada, esticada, ele vai deixar de reparar nessa barriga que sobra? E se eu me virar pouco, as dobras podem passar despercebidas aos olhos dele? Tudo isso durante nossos primeiros movimentos. Durou pouco. O tempo dessas perguntas que logo se apagaram. Que você apagou. Com todos os elogios que me fez. Quando falou do meu cheiro. Do quanto ainda sentia meu cheiro. Que para sentir o meu cheiro bastava fechar os olhos. E que fazia isso até que com frequência. Se mostrou para mim, fechando os olhos e aspirando. *Ó, ó, ó, tá sentindo?* Essa imagem no *repeat. Play it again. And again.* Para resgate quando estou com o rosto emberebado por causa do estresse, enquanto levo as crianças para a escola sem o lanche que fiz e esqueci de pegar e a ligação do chefe me cobrando a planilha que não terminei porque dormi enquanto fazia a lista do supermercado com a qual meu marido não pode me ajudar porque os processos judiciais exigem atenção demais e foco demais e eu não tenho ideia do cansaço que isso gera. E naquele único quarto existente no mundo naquelas poucas horas, voltei a ser a mulher mais bonita e desejada que conheci. *Play it again.*

É. Eu devia isso para a menina de dezoito anos. Eu devia isso para a nossa história. Não sei se você pensa nisso em termos de dívida. Não deve pensar. Não terei como saber. Achei que poderia, em Noordwijk.

Não importa. Não é só sobre dever ou não. É sobre ter sido bom. É sobre ter sido muito bom. É sobre ser um daqueles momentos que guardamos para puxar da memória quando tudo parece ruir. É sobre paridade. É sobre regras iguais. É sobre alguma liberdade. É sobre se permitir. E se perdoar, se culpa houver. O que não houve, não há, no meu caso. Não por Haia.

Ver você, de costas, andando pelo corredor do hotel para pegar o elevador e voltar para casa. Teu casaco cáqui. Esse casaco que voltou em um sonho, uma fogueira entre nós, a noite acima, fagulhas, gente ao redor, rostos irreconhecíveis, impossível passar pela fogueira para chegar até você. Fogo sólido. Eu te chamava e você não ouvia. Teu corpo no fim do corredor, virando à direita, já invisível para mim. Pensei em gritar Casa comigo?! Pensei mesmo. Como se essa pergunta fosse sinônimo de Fique comigo porque é verdade que a vida é curta e já faz mais de trinta anos que nós nos apaixonamos e nesses anos todos nunca conseguimos nos desligar um do outro e isso só pode ser sinal de que não devemos viver separados e não quero morrer com esse "e se?" martelando meu cérebro.

Voltei para o quarto. Parei por um bom tempo na frente do espelho. Ri. Ri. Ri. Sorri. Com dezoito anos de novo. Com dezoito anos aos cinquenta. Tomei banho e saí andar por Haia. Vinho. Filé. Nenhuma culpa. Nada. Eu estava onde deveria estar. Como queria estar.

Alguns dias depois os planos para Noordwijk. E se?

27.

De volta da clínica, do *repouso*, decidi não procurar qualquer vestígio de colegas do meu marido. Mais do que isso, pedi para ele esconder os vestígios. Aquela sinceridade patética toda que pedi no começo do casamento, não queria mais. Regras novas para regras antigas quebradas. Finalmente eu tinha compreendido o valor de não saber. Não saber. Trabalhar. Receber. Pagar as contas. Respirar. Colocar as crianças na cama. Ler uma história. Respirar. Dar banho. Comida saudável. Frutas. Respirar. Ver as crianças felizes de mãos dadas com o pai e com a mãe. O preço? Talvez o da pequena fortuna que eu gastava em remédios para diminuir a ansiedade e me permitir uma noite de sono. Tentei ser aquela mãe relaxada que vai com as crianças ao parque no sábado à tarde, fazer um piquenique e jogar bola, mas não achava habilidade nem competência em mim. Voltava do parque exausta, sem ter tirado as crianças do carrinho. Rodava com elas dentro do carro, quase sempre cantando. Mostrava para elas muitas músicas que você tinha mostrado para mim. Até Yes, lembra? Madalena vibrava com "Love Will Find a Way".

E várias daquela fase do reggae. E Cartola, que Antônio acha triste demais.

Queria voltar logo para casa, queria não voltar para casa, queria ficar sozinha com os meus filhos, queria deixar meus filhos com o pai, queria ficar viúva, queria retomar o casamento, queria o divórcio e me apaixonar de novo, queria me apaixonar de novo pelo meu marido, queria nunca mais trabalhar fora de casa na vida, queria trabalhar muito para ganhar o suficiente para nunca mais precisar dividir contas com ninguém, o carro rodando, a música alta e meus filhos batendo palminhas ou dormindo. Em alguns momentos eu desejava que você fosse o pai e ficava imaginando se você os levaria ao parque, se daria banho, se jogaria bola, apesar de eu achar que preferiria capoeira, se cozinharia, se leria histórias antes de dormir. E nem na minha imaginação eu conseguia visualizar você me chamando de louca. Mas talvez você fizesse isso. Se nossa história fosse a de um casamento.

28.

A primeira vez que resolvi sair com outro homem durante meu casamento foi por vingança. Reparei no olhar durante uma reunião e resolvi sustentar. No café, ele perguntou *Qual é mesmo o seu nome?*. Trocamos cartões. Depois mensagens. Eu pensava nas tantas que meu marido tinha trocado com tantas colegas e assistentes e secretárias. O convite que ele recebeu para um sorvete. *Huuummm, não quer algo mais quente, não?* E o coraçãozinho que ele mandou na tela, ao lado de um diabinho. Por que não me separei? Talvez porque não sou a mulher corajosa que você pensa. Talvez fosse corajosa quando nos conhecemos e eu disse sim, é com ele mesmo que eu vou namorar, o bolsista da escola mais cara da cidade, o repetente, o mais de uma vez repetente, o morador daquele bairro que ninguém do meu círculo de conhecidos sabe onde fica, *Bairro que começa com Vila só pode ser de pobre*, e as risadas, sim, ele mesmo e por um motivo tão simples. Estar apaixonada. E me sentir a menina mais legal e bonita e inteligente deste mundo todo, porque quando jovens nós falamos assim *do mundo todo, da vida inteira* e, às vezes, até estávamos certos. E eu penso e penso e penso e concluo que essa coragem ficou lá, naqueles cômodos onde ouvi meu pai me chamar de puta e vagabunda e me acusar de fazer tudo de propósito para destruir a minha família e me acusar de destruir a minha família porque não consegui ficar de pernas fechadas, porque se eu fosse decente como minha mãe teria ficado com as pernas fechadas até o dia do casamento. Mas não. Eu era uma vagabunda destruidora de famílias, da minha família que meus pais construíram com tanto trabalho e disciplina. E eu não me levantei. E eu não me defendi. Não defendi a gente. Não defendi meu filho. Nosso filho. E eu não fiquei do seu lado. Eu não abri a boca. Fiquei decorando o formato dos meus pés e ouvindo e ouvindo e ouvindo e sentindo eu nem sei explicar o quê. E acho que acreditei. É isso. Eu acho que acreditei que era vagabunda e puta e responsável pela decepção do meu pai e pelas lágrimas da minha mãe e das minhas irmãs. Me faço de vítima? Acho que sim. E daí? Mas é isso. Eu não consegui. Meu pai era o meu Super-Homem. Hoje você tem duas filhas, deve ser o Super-Homem delas. Ou não? O meu era e eu não consegui. Eu não consegui me levantar e dizer Eu vou arriscar. Pode ser que a gente se divorcie antes de o bebê nascer ou logo depois. Pode ser que eu não volte a estudar e nunca consiga um emprego que me dê um salário capaz de me tornar provedora do meu filho e de mim mesma. Pode ser que eu seja uma divorciada antes dos vinte anos de idade e que nunca mais um homem queira se casar comigo de novo porque já estarei usada e esgarçada. Mas eu vou arriscar. Eu não consegui. E talvez seja isso. Eu nunca mais consegui levantar para dizer Eu vou arriscar. Então fiquei no casamento porque pensava no divórcio e olhava para os meus filhos e não me ocorria o que eu poderia fazer com eles, divorciada. O que eu poderia fazer comigo. Então fiquei. E pensei em vingança. Cheguei a colar no espelho do banheiro uma das frases recebidas pelo Fernando no celular: *Não consigo parar de pensar em você, meu amor.* A frase que ele falou que eu entendi errado. *Você lê tudo errado.* O que será que li errado? O *não*? O *consigo*? O *parar*? O *de*? O *pensar*? O *em*? O *você*? Ou o *meu amor*? A frase que eu, em um momento de desespero, mostrei para minha sogra, em um pedido de ajuda. Porque eu também acreditei quando ela me disse, logo que me casei, que estaria sempre do meu lado, éramos mulheres. Ela e todas as namoradas do marido que ela enfrentou, bravamente, nas palavras do filho. Mas, mesmo já sendo mãe na época, eu ainda não sabia que mães ficam ao lado dos filhos. Porque eu pedi ajuda para entender o que estava acontecendo com o meu marido, com o filho dela, e ela perguntou se eu realmente não estava entendendo errado. Qual parte? *Qual parte eu poderia estar entendendo errado?*, eu gritei com ela, para ela poder se sentir tranquila e me dizer *Ele tem razão, você está mesmo louca. Você grita muito.* Exterminar as palavras para não haver mais *mal-entendido* foi a tática que encontrei nos tantos anos que deixei de falar com ela. Ele arrancou a frase que colei no espelho. *Além de não entender nada você agora vai fazer palhaçada colando frases no espelho?* E teve a frase que pulou na tela do celular que ele deixou sobre a pia do banheiro enquanto eu escovava os dentes: *Então, vai me levar pro vinho de novo ou vai me fazer esperar?* Fui colecionando essas frases. Algumas eu garimpava. Outras eram jogadas na minha frente. Todas eu não entendia. Todas eu lia errado. E eu saía para o trabalho, levava e buscava as crianças na escola, lia para elas na hora de dormir e só pegava no sono com remédios e com as minhas mãos nas mãozinhas delas. E quando a coleção de frases era consideravelmente alta, achei que estava na hora da vingança. Eu também queria entrar na brincadeira. *Exceção do contrato não cumprido*, aprendi com o Fernando. Eu também queria juntar frases ridículas escritas por mim e por pessoas cujo desejo eu ainda era capaz de despertar. Eu pensava nessas frases quando me sentei para o vinho com o cara da reunião. Era nelas que eu pensava quando aceitei ir ao apartamento dele. Quando me permiti tirar a roupa na sala, apesar da barriga ainda flácida e da cicatriz das cesáreas e da cintura grossa e das coxas e da bunda moles, e ficar por ali. Quando permiti que ele me olhasse e colocasse a camisinha e me penetrasse primeiro devagar e depois com muita força. Quando permiti que ele me pedisse para mostrar do que eu gostava. Não mostrei. Pouco me mexi. Era a primeira vez que um homem, sem ser meu marido, via o meu corpo depois de parir duas crianças. Devo ter sido a pior transa daquele cara. Não falei, não me mexi, não abri os olhos, mal movimentei as mãos. Depois ele me abraçou, pediu uma pizza, que comemos no sofá, eu fui embora e esqueci meus brincos, presente do marido, na casa dele. Nunca voltei para buscar.

Se me senti mal? Não. Nem um pouco. Se me senti bem? Também não. Talvez fosse só isso, pensei. Beber um vinho, trepar, comer uma pizza, esquecer os problemas, deixar os brincos, nunca mais voltar. Quase nada. E isso me apaziguou. Meu marido que fizesse o que quisesse até me avisar que não ficaria mais. Talvez o mesmo acontecesse comigo um dia. Estava doída demais para ter pressa. Talvez fosse isso mesmo. Talvez fosse só isso.

29.

A segunda vez que resolvi sair com outro homem durante meu casamento não foi por vingança. Eu estava saindo de um restaurante, meu chefe e algumas colegas na frente, e na porta um homem pegou meu braço, deu para ver que veio com pressa atrás de mim, e me perguntou se eu era casada. Eu ainda queria me divertir como meu marido, capaz de seduzir e ser seduzida, mais e mais e mais. Voltar a ter vinte e poucos anos, me agarrar a essa ilusão. Sou desejada. Eu queria me olhar o tempo todo no espelho e pensar Sou desejada. Eu também tinha direito a essa sensação. *Infelizmente não inventei as regras*, meu pai me disse, mas ainda dá tempo de tentar mudá-las, eu devia ter respondido, apesar de não saber, na época, que era possível essa resposta. E quando eu falei *Não* para aquele homem (*ufa, que sorte a minha*, ele disse) eu realmente queria dizer não. Foi o sorriso dele. E o cabelo grisalho. Foi o fato de ele ter saído do restaurante atrás de mim. E usar uma fitinha vermelha do Nosso Senhor do Bonfim que o terno italiano bem cortado não conseguia esconder. Foi o fato de ele não deixar a oportunidade passar. Foi ele não se preocupar com o "e se?". Foi o fato de um homem que achei bonito se interessar por mim. Isso. Só isso. E entreguei meu cartão. E em menos de uma hora ele já tinha me ligado e já tínhamos marcado um café que virou uma cerveja logo depois do trabalho, naquele mesmo dia. Só falei que era casada – há anos não uso aliança, desde que meus dedos incharam na primeira gravidez e ela não coube mais – depois de alguns encontros. Ele levantou da mesa do bar e me largou lá, com a confissão e a conta. E não nos vimos mais. E depois de todos os encontros, em quartos de hotel e na casa dele, até ele se sentir enganado por mim, continuei voltando para casa. Porque nunca pensei em não voltar, mesmo sendo bom estar com ele. Então era assim que os homens se sentiam? Era assim que os homens faziam e sempre fizeram? Uma coisa é sexo e sexo bom e até carinho, não vou mentir, e outra é amor e casamento e vontade de voltar para casa, com tudo e todos os elementos ali, a geladeira com comida, as crianças na sala de banho tomado, as toalhas e os lençóis limpos, os chinelos virados ao lado da cama, o envelhecer juntos. Talvez tenha sido uma sorte não me apaixonar por ele. Talvez não. Talvez a paixão tivesse me movimentado. Mas eu não me apaixonei. O que não significa que não tenha gostado dele e de estar com ele. Cheguei a dizer para o Fernando que tinha medo de nos perdermos. *Podemos nos apaixonar por aí e nos perdermos. Ninguém vai perder ninguém, Camilla, não somos coisas.*

Não tinha nada disso na cartilha do meu pai. Eu não tinha a menor ideia do que fazer. Fazer as malas, pegar as crianças e sair de casa ainda me parecia, de alguma maneira, a cartilha. E eu não sentia essa vontade, a verdade mais simples é essa. Também não sei que vontade eu sentia. Às vezes de morrer, de acabar tudo logo. Não porque me sentisse infeliz e desesperada para tanto. Mas porque me sentia cansada. Muito. Tão cansada que só a perspectiva da morte me parecia capaz de proporcionar o descanso. Ao contrário do Fernando, que deixava pistas pela casa, eu escondia as minhas. Minha terapeuta na época disse que meu marido deixava as pistas porque queria que eu soubesse de tudo. *Porque homem quando quer esconder*, ela me explicou, *esconde muito bem, eu atendo vários assim. O seu marido faz questão de ser descoberto*. Talvez faça sentido. Porque quando eu peguei a mensagem da primeira colega e quebrei o que deu para quebrar na casa, a frase que ele soltou foi esta: *Pelo menos agora sei que você sente ciúmes de mim*. Na hora pensei em você dançando com aquela mulher-deusa no show do Jorge Ben. O seu olhar de desejo para ela. Linda. Pele de ouro. As coxas sobre o salto. *Vai dançar*, eu disse. E você foi. E foi tão bonito ver vocês dançando. É, talvez eu não achasse tão bonito ver vocês transando. Ou ver vocês apaixonados. Mas, vai. Vai dançar. E como era possível uma relação existir sem ser pautada pelo ciúme?

Meus pensamentos, de novo, e mais uma vez, terminando em você. Em nós. E esse segundo homem foi. E eu fiquei.

30.

A terceira vez que saí com outro homem durante meu casamento foi para confirmar o que eu já sabia. Um drinque no bar de um hotel durante uma viagem a trabalho que acabou no quarto dele e a minha certeza de que aquele não era o caminho. Ainda as velhas regras.

E teve você, em Haia.

E não teve você, em Noordwijk.

31.

O copo d'água. Toda noite tem um copo d'água, que ela, a Madalena, me pede na hora de dormir. *Gelada*, acrescenta, com uma voz que antecipa a saudade que sentirei quando ela for adolescente. Porque sempre me antecipo. E porque sempre me antecipo busco o copo d'água gelada. *Da garrafa vermelha que fica na porta da geladeira, mamãe*. E eu, antecipada, obedeço. E a garrafa está lá, na porta da geladeira, o vidro pintado de vermelho que começa a descascar. Está leve. A garrafa que enchi na noite anterior porque ela também me pediu e que também estava leve porque esvaziada todos os dias por alguém que não sou eu. Coloco o vidro contra a lâmpada branca da cozinha, um resto no fundo da garrafa, um dedo d'água onde me afogo, vejo minhas braçadas como se enfrentassem o concreto, não consigo me mover, os braços lentos, peso trezentos quilos. Grito e não me escuto. É muito vermelho lá dentro, o fiapo da minha menstruação que todos os meses some com a descarga. É bonito, mas dói. Os pés presos no fundo do vidro, a parte mais descascada, vejo as solas rachadas. Que também doem. *Espinel*, foi a palavra que li há pouco na vida e nas proezas de

Aléxis Zorbás. Eu dançaria descalça em frente ao mar Egeu antes de deitar na areia e me deixar ser penetrada todas as noites pelo homem de faces encovadas e maxilar forte. Não enxergo as estrelas. Tenho vinte e poucos anos e estou com as costas contra o assoalho, os olhos na janela aberta para os fios dos postes, um cigarro na mão direita, à vontade no meu corpo nu ao lado de outro corpo nu. Rimos. Rimos até chorar, e não é de tristeza. Tento levantar a cabeça enquanto procuro nadar, um cachorrinho que já não sou, a água cobre meu nariz e minha boca. Não tenho mais olhos amendoados e doces. Nem pelos no corpo. Nem alegria quando a porta da sala se abre. Tenho cinquenta anos e não encontro mais assoalhos. Chacoalho a garrafa, a areia se espalha, o homem tem cabelos grisalhos e encaracolados. A pele é dourada, ele me afoga ainda mais com um carinho no rosto. Abro a garrafa, viro a boca para baixo, a boca da garrafa também vermelha, já quente, não venho porque estou lá, presa ao fundo, uma última braçada que não me tira do lugar. Um último grito que bate contra o vidro e volta. Talvez o homem ainda me arranque uma última gota de sangue que sumirá nos grãos da areia. Ele sorri enquanto me olha. Fico lá, no fundo, e encho a garrafa, novamente, mais uma noite. Até amanhã.

32.

Jogo seu nome nas redes sociais. Continuo bloqueada. Continuo sem notícias mesmo tentando chegar pelos supostos amigos em comum. Nenhum artigo novo captado pelo Google. Já faço isso no automático, sem muita curiosidade. Já voltei há muitos dias de Noordwijk. Dias que já formam muitos meses. Um ano, pouco mais. Penso em você. Já entendi que nunca vou deixar de pensar. No filme derradeiro na hora da minha morte, sua imagem vai estar lá. *Mano*. Resgato seu rosto e sua voz e algumas palavras sussurradas, *Gosto muito de te ver, leãozinho*, você diz, *caminhando sob o sol, porque você tem a cor do leão*, você diz, *e a força da leoa*, às vezes na frente do espelho, quando não gosto do que vejo. E passo a gostar. Às vezes na hora de dormir, aquela virada do corpo para o meu lado direito, as mãos embaixo do travesseiro e o pescoço ajustado na borda, os joelhos dobrados e uma perna sobre a outra, durmo assim desde que a barriga começou a crescer na primeira gestação, imagino o quanto você acariciou a barriga da sua mulher, o quanto falou com suas meninas, Ângela e Luiza, gosto dos nomes, puxo seu rosto e mais algumas palavras, o verbo amar no presente, e embalo meu sono para bons sonhos. Ainda olho para o meu marido uma última vez antes de fechar os olhos. Ele sempre dorme antes de mim. Um livro sobre o abdômen de nadador. A respiração profunda. Quase um ronco. Estou onde queria estar. Sim, você estará no meu filme derradeiro, mas não era você. Não para esse boa-noite todas as noites. Não quebro mais vasos. Não temos mais mensagens escondidas. No meio da noite ele me abraça forte. Eu retribuo. Passamos as manhãs de domingo na cama com as crianças entre nós. Rimos bastante. Nos abraçamos e nos beijamos. Os quatro. Penso: que bom!. Que bom que fiquei. Pelo menos até hoje.

33.

Minha querida, será que esse e-mail ainda é seu?

Você se lembra de que eu já disse que, quando penso no meu ninho, você está sempre nele? Não menti, como você pode ver, pois isso já faz tantos anos, não é? E agora tenho pensado cada vez mais no meu ninho, e você continua nele. Os filhos já saíram todos, dois por perto, um voou para longe, e eu continuei sentada nele, caso algum retorne, nem que seja para uma visita. Mas agora sou eu que vou deixar o ninho logo. Meu coração sempre foi fraco, não sei se você se lembra, e agora já cansou mesmo. Bate lento. Estou tranquila, apesar de cansada. O Rafael me trouxe o computador, estou escrevendo para as pessoas mais importantes da minha vida, que foi boa. Os meus filhos eu chamei um por um para uma conversa. Com o Mateus a conversa foi mais difícil, você deve imaginar. Sempre fomos mais apegados. Ele me falou tanta coisa linda, mas tanta coisa linda, que eu poderia morrer em seguida, assim que ele fechasse a porta. Se uma coisa fiz bem, foi criar esse menino, apesar de eu mesma não saber como ele ficou assim, tão diferente. É, o mérito não é meu, é todo dele, que é observa-

dor e estudioso. Ele ia mal na escola, sim, mas eu sempre soube, como professora e mãe, que o problema não era ele. E eu estava certa. Mas não foi para isso que resolvi te enviar um e-mail, cada conversa com cada um dos meus filhos ficará entre mim e eles; só se eles quiserem compartilhar, aí que façam como quiserem.

Essa mensagem é só para você. Mas quero que saiba que na conversa com o Mateus, logo antes de eu pedir para ficar sozinha, eu disse para ele que ainda torcia por vocês. Ele respondeu, sempre sorrindo, que estava casado e com filhas e feliz e que você também estava casada e com filhos, um casal, e que parecia feliz. Mas quem sabe, não é?, no futuro, vocês mais velhos? A gente nunca sabe. Ele está feliz, é verdade, mas eu sou mãe e sei quando foi que meu filho esteve mais feliz. Você é a mulher da vida dele, eu sei disso. Pode ser que ele não seja o homem da sua vida, acontece. Não estou desejando aqui divórcio nem viuvez de ninguém, só alguma felicidade, se possível. Nunca mais nos falamos, mas você está no meu ninho e desejo seu bem, sua alegria, que você ria mais do que chore nesta vida. Você, que nos deu tantas coisas boas com o seu carinho e sua alegria contagiante. Você, que me deu a primeira alegria de ser avó, de me sentir avó. Meu neto pode não ter nascido, mas a alegria de saber da sua gravidez, da gravidez de vocês, existiu. Você era nova, muito nova, sua família com uma condição social e financeira tão diferente da nossa, eu entendi. Eu me coloquei no lugar da sua mãe, no lugar do seu pai. Não senti raiva deles, nenhuma raiva, de verdade. As mães talvez se entendam. O Mateus sentiu, muita, e tranquei ele em casa para não deixá-lo ir até uma delegacia fazer um boletim de ocorrência. Vai sobrar para quem, se você fizer isso, meu filho? Foi essa a pergunta que fiz para ele. Sobraria para você, querida. E seu pai não estava de todo errado quando disse que a criança nascida seria mesmo uma responsabilidade maior para você. Mesmo que todos nós ajudássemos, as privações são da mãe. Os homens, quando se tornam pais, continuam saindo pela porta de casa do mesmo jeito que saíam antes, a cabeça na caça, seja ela financeira ou sexual. O Mateus não tinha nem um aninho quando descobri a primeira amante do Eduardo. Por isso perdoe seu pai, sua mãe, você mesma, principalmente, se é que se culpa. Nunca falamos sobre isso, mas eu rezo por você, para que fique tranquila. Na hora da despedida mesmo, de tudo o que passamos por aqui, é só no amor que demos e recebemos que pensamos. Você nos deu muito. E tem o nosso. Tem o meu. E sei que tem o dos seus pais. E quem não erra, não é mesmo?

Um beijo enorme, cheio de amor,

Marília

Fiquei na dúvida se transcrevia aqui o e-mail que recebi da sua mãe, pouco antes de ela morrer. Levei ele impresso para Noordwijk, ia ver lá se teria coragem de mostrar para você, a depender das nossas conversas. A minha resposta não levei, poderia lhe contar pessoalmente qual foi. As minhas poucas linhas depois de tanto choro. Não sei se ela recebeu a resposta, se ela chegou a ler, ela estava conseguindo ler nos últimos dias? Alguém lia para ela? Os tantos livros de literatura que ela me indicou, o *Guerra e paz* que ela me deu tenho até hoje, ela deve ter ficado feliz quando tivemos a primeira tradução direta do russo, pensei nela, mas não trocamos mensagens sobre isso.

Se conheço você um pouco, um pouco que seja, sei que leu muito para ela em toda oportunidade que teve. E, na dúvida, vou deixar o e-mail. É bonito, não é?

34.

Voltei de Noordwijk há quase três anos. Cheguei a ir para Amsterdam a trabalho nesse período. Algumas vezes. Pensei em esticar de novo até Noordwijk, revisitar a praia onde tanto andei. Bobagem, já foi, aproveitei para conhecer um lugar novo, conhece Kralingen? Se não, recomendo. Se é que ainda está nesse canto do mundo. Postei várias fotos, mas o bloqueio continua. Não sei mais nada, nada mesmo, sobre você.

Eu poderia apagar, neste momento, enquanto digito, tudo o que escrevi. Selecionar tudo e Del. Ou poderia arquivar em uma pasta que nunca mais olharia. Ou olharia daqui uns dez anos, por aí. Para então apagar. Mas escrevi demais, acho. Posso não querer mais a sua mão na minha na hora de dormir, mas quero que você saiba. Tem muito amor aqui para ser apagado ou arquivado. Tem muita história. Tem esse caminho percorrido que quero que você conheça. Que eu gostaria que você conhecesse. O Cadu não existiu. Sim, sou uma mulher que abortou. Como tantas. Como milhares. Não morri nem tive complicações por causa do dinheiro do meu pai, que fez o que conseguiu naquele momento. Se eu faria o mesmo, hoje, como mãe?

Não. Nada parecido. Mas foi o que conseguiram, ele e minha mãe. Mas ninguém quer ouvir a mulher que aborta. A menina. A mulher pobre que aborta, então. Ainda um bando de homens falando sobre aquilo que só nós sabemos o que é. Porque é. Como é. E só piorou com a família miliciana no poder que, imagino, ainda mantém você longe. Penso em você, na sua mulher e nas suas meninas, longe desse horror. Fico feliz por vocês. Fico com inveja da coragem. Mas também estou fazendo o que consigo. Eu desejo muito que você seja feliz. É bobo e verdadeiro. Você, sua mulher, suas meninas. Que você esteja com quem queira estar. Que sua mulher saiba quem está ao lado dela. E ela sabe. Eu sei. Eu estou, hoje, onde quero estar. Com quem quero estar. Fico feliz, aquela felicidade branda, no fundo da barriga, por ter ficado. Tantas amigas me sugeriram o divórcio, algumas chegaram a me tratar com frieza, só a Soraya entendeu, ou se esforçou para entender, o meu *Mas ainda não é isso que eu quero. Eu ainda quero tentar mais*. E tentei. E acalmei. E acalmamos. Jogamos o mesmo jogo no casamento. O mesmo jogo com regras velhas, regras podres. *Então é assim? Olha só, eu também faço, eu também me permito*. Fernando se assustou. Recuou. Recuei. Voltamos as peças para o início do tabuleiro.

Mais uma partida.

Pois é.

Talvez, pai, eu tenha mudado algumas regras.

E talvez, Mateus, estas palavras todas não sejam para você, como eu achei no início, com o computador no colo lá na nossa terra natal, logo após a volta de Noordwijk.

Talvez, e estou quase certa disso, estas palavras todas sejam para a Madalena.

Luciana Gerbovic é advogada, professora e escritora. Desde 2007 é mediadora de clubes de leitura em espaços públicos e privados. Trabalha como formadora de mediadores, no Brasil e no exterior. É sócia-diretora da Escrevedeira Centro Cultural Literário e uma das articuladoras do Programa Remição em Rede, que promove clubes de leitura em penitenciárias. Tem contos publicados nas antologias *336 horas*, *Ninguém humano* e *As letras da lei.*

Edição Bruno Zeni
Capa e projeto gráfico Sílvia Nastari
Diagramação Rafael Marcon
Revisão Carmen T.S. Costa

Imagem de capa Citrusclock/Istockphoto

Dados Internacionais de Catalogação na Publicação (CIP)
(Laura Emilia da Silva Siqueira CRB 8-8127)

Gerbovic, Luciana.
A maior mentira do mundo / Luciana Gerbovic; capa e projeto gráfico, Sílvia Nastari. 1ª ed. – São Paulo: Editora Quelônio, 2024. 128 pp.; 13 x 20 cm.

ISBN 978-65-87790-68-8

1. Ficção: Literatura brasileira 2. Literatura brasileira: romance
I. Gerbovic, Luciana. II. Nastari, Sílvia.

13-20241 CDD 869.93

Índices para catálogo sistemático:
1. Ficção: Literatura brasileira
2. Literatura brasileira: romance
869.93

Editora Quelônio

Rua Venâncio Aires, 1072
Vila Pompeia / São Paulo - SP
CEP 05024-030
www.quelonio.com.br

Fontes Protest e Minion Pro
Impressão Psi7
Papéis Pólen Bold 90g/m² e
Cartão LD 250g/m²
2ª reimpressão 200 exemplares
São Paulo, agosto de 2025